VRMMOでサモナー始めました

I began the summoner in VRMMO
"Fantasy World Online"

JN154532

テトメト

イラスト
秋咲りお

TOブックス

もくじ

CONTENTS

Illustration 秋咲りお
Design BEE-PEE

I began the summoner in VRMMO
“Fantasy World Online”

プロローグ

「なぁなぁ、祐《ゆう》よ。祐さんよ！」

「んぁ？　何だよ急に。いや、それ以前に顔がちけーよ。離れろ」

昼休み。退屈な授業も半分以上を消費し、お楽しみの弁当をいざ広げようとしたタイミングで隣の席の悪友タクムがいつもの様に机をくっつけて……否、叩きつけてきて、俺の顔のまん前に気持ち悪いにやけ面を突き付けてきた。いや、ホントに気持ち悪いのでやめてもらえます？　マジでいつもの五割増しでキモイから。

「ＦＷＯ《ファンタジーワールドオンライン》って知ってるか？」

「……知ってるよ。散々ニュースでもやってるしな」

全力で顔を後ろに引く俺に、なおもにやけ顔を近づけてくるこの悪友がいつにもまして気持ち悪いのもそのＦＷＯのせいだしな。

……最近発売された新しいゲームのジャンルにＶＲＭＭＯというものがある。略さずにいうとヴァーチャルリアリティマッシブリーマルチプレイヤーオンラインとか言うものらしいが、まぁそんな長ったらしい名前はどうでもいい。

要は実際にゲームの中に入ったように見て、聞いて、触れるゲームのジャンルをVRMMOと言うのだ。翻訳《ほんやく》的には間違っているらしいが、そんなのはよくある事だしな。

そんな最先端VRMMOゲーム機の新たなゲームが今日発売される。それがFWOだ。

剣あり魔法ありのファンタジー世界でプレイヤーは自由に旅をしてモンスターを狩ったり、店を開いたり、畑を作ったりと、とにかく自由度の高いゲームになっているらしい。

そして何を隠そう俺の目の前にいるこの悪友はそのFWOのベータテスターの権利を抽選で見事引き当てた豪運の持ち主であり、正式サービス開始前からFWOを満喫しているのである。

……爆《は》ぜればいいのに。

「……なんか一瞬寒気がしたんだが」

「気のせいだろう。……それで、そのFWOがどうしたって？　また単なる自慢話だったらもぐぞ」

「なにをだよ!?　怖《こえ》ぇよ！　お前が言うと冗談に聞こえねぇんだよ！」

「……ほぅ。じゃあ手始めに耳からいってみよっか♪」

「やめろ！　耳なしタクムには成りたくねぇ！」

と、そこまでじゃれあった所でようやくタクのやつは顔を離して自分の席に着いた。

にしても、両耳を押さえて細かく震えているのは大げさすぎだろうて。

「んで？　ＦＷＯがどうかしたのか？」

昼食を食うのを遅れさせるつもりは一切無いが、暇《ひま》つぶしに話に乗ってやるぐらいはしてやるか。何だかんだ言いつつ俺もＦＷＯにはそれなりに興味があるしな。しゃーなしだ。

「そう！　それだよ。その話だよ！　むふふ～、聞きたいか？　聞きたいだろう～？」

途端顔を上げまたあのにやけ面に戻るタク。

……キモイ。

「……キモイ」

「ちょっ！　思考が声に出てるから！　刺さった！　俺の心にクリティカルヒットだよ！」

「おっとすまん。つい本音が出ちゃったぜ。悪かったな……で、どんな話なんだ？」

「お前のそれは謝る体を装った単なる追い討ちだよな⁉」

「気にするな三割冗談だ」

「半分以上本気じゃねえか！　しまいにゃ泣くぞ！……って、そんなことはどうでもいいんだよ。いや良くはないが今はいい！　それよりも……」

と、そこまで言ってまたずいと顔をこっちに寄せてくるタク。だからお前はいちいち顔が近いんだよ。キモイんだよ。

「お前もFWOをやらないか？」

半ば本気で目突きをやってやろうかと考えていたんだが、続くタクの言葉でつい手を止めてしまった。ちっ、命拾いしたな。

「……やれたらやってるよ。だがな、たとえ今からゲーム屋に直行しても五日前から泊り込みで並んでいる人達もいるぐらいなんだろう？　いまさら俺が何をした所で……」

「それでもできるとしたら？」

「……詳しく聞こうじゃないか」

初めてタクの戯言《ざれごと》に聞く価値を感じ、体ごとタクの方へと向き直った俺を、タクのニヤケ顔が出迎えた。

いつもはただただ、気持ち悪いこの顔もこの時ばかりは若干頼もしく見える気がする……。

……いや気がしただけでやっぱり気持ち悪かった。うん。生理的に無理だわ。とりあえずグーパンしよう。話はそれからだ。

◆◆◆

……その後のタクの御託《ごたく》満載の説明を弁当を食いながら聞いていた結果分かったのは、タクがＦＷＯをかなり初期から予約していたが、ベータテスターの特典で１つ持っているから予約券を俺に譲ってくれるということだ。

ちなみにここまで聞き出すのに昼休みが終わってしまったといえば、どれだけ御託が多かったかも分かるというものである。

まぁ、途中で俺とふざけあってた所為《せい》でもあるが。

てなわけで、ひょんな事から俺はＦＷＯをプレイする機会を得た。幸いにも小遣いは貯まっていたからな。偉いぞ過去の俺！　ナイスです！

サービス開始時間が迫っているから詳しい話はゲームの中でしようということになり、タクは二人で買ってきたＦＷＯのセッティングを済ませるとダッシュで帰っていた。

まったく。走ったところで開始時間は変わらないだろうに。

……まぁ、待ちきれない気持ちは分かるがな。

さて、俺の手元には夢にまで見たＦＷＯが起動準備を終えて収まっている訳だが……今ならオークションに流せばすごい値段になるだろうに譲ってくれるとは。タクも案外友達思いのいいヤツだなぁ～と思いつつ、ここまでしてくれるのはもしかしてゲーム内で一人もフレンドが出来なかったからではないかと思い至りちょびっと泣いた。

せめて俺ぐらいはアイツの友達でいてやろう。そうしよう。

そんな悲壮な想像を繰り広げている間に午後六時。サービス開始時間だ。それじゃあ、行きますか！

「ダイブイン！」

第一章　サモナー始めました

目が覚めて最初に視界に入ったのはどこまでも真っ白な空間。そして大きな鏡にうつる自分の姿。タクに聞いた通りならば、ここはキャラクターエディットルーム。プレイヤーの容姿や名前。職業などを決める部屋だ。

とはいえ容姿に関してはそこまで大きくは変えられないらしい。せいぜい髪の長さや色を変えられるぐらいで、性別を変えたり大きく体格を変えることは出来ないそうだ。何でもリアルの自分と余りにもかけ離れた容姿や違う性別でずっとプレイしていると、リアルに戻った時に不都合がおきるとかなんとか……。まぁ、出来ないものは出来ないので身長はそのまま。顔は……気持ち整えるぐらいで。髪は……思い切り伸ばしてみるか。腰ぐらいまでっと。色は黒のままでいいとして……よしこんなもんだろう。

ぶっちゃけデフォルトにして、リアルとほとんど同じでもいいとは思うんだが、それをタクに言ったらリアル割れはこのゲームだとしょうがないにしてもなるべく防ぐべきだと言われた。

ＲＰＧのキャラ名とかはデフォがあればそれを使いたい派だったんだが……まぁいっか。ただ、名前はリアルのまんまでユウにしておいた。これなら自分のキャラの名前を忘れる心配はあるまい。主人公の名前とか意外と忘れるからなぁ。

んで、次に決めるのは種族だ。ヒューマン、エルフ、ドワーフとあるんだが……違いが良く分からんからヒューマンでいいだろう。

人間だし。大きく外れって事はないさ。たぶん。

最後に職業。と言ってもそんなに選択肢は無いらしい。このＦＷＯでは転職というか上位職システムらしく、基礎職のレベルが一定まであがったらその職の上位職から好きな職を選んでクラスチェンジ。

で、またその職が一定レベルまで上がったらクラスチェンジと、ツリー形式で職業が拡がっていくタイプのゲームなので、最初に選べる一次職はファイター（戦士）かマジックユーザー（魔法使い）かプロデューサー（生産者）の３つらしい。何か他にも珍しいのがあるらしいけど時間が無くって説明されなかった。

この職業だがどれかに決めたからって別に他の職の内容が出来ないわけではないし、どの職業でも殆どのスキルを取得する事はできるが、自分の職にあったスキルならボーナスが入り、逆にあわないスキルなら効果が下がるそうだ。

せっかく魔法がある世界に行くのだからやっぱりマジックユーザーにしよっかな～と思っていたのだが、ふと目に付いたリストの一番下の職業を選択してＯＫを押した。

これで初期設定は完了。

タクとの待ち合わせは始まりの街のど真ん中にある噴水前だ。ログイン地点からでも見えるはずだといっていたので迷うことはあるまい。

いざ行かん！　ゲームの世界へ！

◆◆◆

……甘かった。

正直サービス開始直後の大規模ＶＲＭＭＯの混雑具合ってやつを舐めてた。

前を見ても横を見てもひと、人、ヒト。しかもほとんどが初期装備の同じ服なのでほぼ見分けはつかない。

これがまた人混みもリアルに再現してあり息ぐるしいったらありゃしないんだよ。

人混みの皆もどうやら行き先は街の中心方面らしく、人波に流されるようにあっちへフラフラ、こっちへフラフラ。遠目に見えていた待ち合わせ場所の噴水にやっとの思いで近づいてきたんだが……やべぇ。まだ何もしていないのに心折れそう。お家帰りたい……。

「祐！　手を伸ばせ！」

「っ⁉」

　ここからさらにタクを探す必要があるのかと絶望感に飲み込まれそうになった瞬間、聞きなれた声が耳に滑《すべ》り込んできた。

　とっさに人混みの上へと伸ばした手が、がっちりとつかまれそのまま一本釣りの様に人混みの上へとぽーんと引っこ抜かれ、そのまま人混みの頭の上を一気に飛び越え人がまばらな路地の隅へと着地した。てか落とされた。ポイって。

「いっ！　ててて……もっと優しく助けれなかったのかよぅ」

「無茶言うなよ。ホバーブーツは十秒しか滞空時間がねーんだから。あれが最善だ」

《プレイヤー名：タクからフレンド申請がされました。受理しますかＹ／Ｎ》

《プレイヤー名：タクからパーティ申請がされました。受理しますかＹ／Ｎ》

　誰か半ば確信しつつも顔を上げた俺の視界に入ったのはいつものにやけ面……よりは大分マシだがやはり気持ち悪いにやけ面だった。

　タクのやつめ、ゲーム補正で若干イケメンにしたな？　髪も赤茶色になって完全にイメチェンしてやがる。まぁ、俺も髪とか顔とか弄《いじ》ってるから人の事言えないけどもな！

とりあえずタクからの申請は受けつつお尻を軽く払って起き上がる。

立ち上がった俺は、改めてタクを……というかタクの装備を上から下へと眺めた。

雑多に溢れかえる安っぽい初期服とは一線を画すタクの装備は、銀色に鈍く輝くいかにもな鉄っぽい鎧姿だ。さらに特徴的なのは足装備だな。赤を基調としたその靴は、両くるぶしの少し下ぐらいからデフォルメされた翼が生えており大変可愛らしい。

なにあれ、超欲しいんですけど。てかそれ以外鎧装備のタクにはファンシーなその靴は致命的に似合ってない。ぶっちゃけださいな。ぷぷぷ。

プレイヤー　タク
ヒューマン　ファイターLv1

【防具：鎧】マジックアイアンアーマー　レア度2
防御力＋30　重量5　耐久値300
魔鉄を使って作られた一般的な鎧
素材に魔鉄を使用しており魔法抵抗がある

【効果】
魔法抵抗：？

【防具：手】マジックアイアンガントレット　レア度2
防御力＋20　重量2　耐久値200
魔鉄を使って作られた一般的な小手
素材に魔鉄を使用しており魔法抵抗がある
【効果】
魔法抵抗：？

【防具：足】ホバーブーツ　レア度3
防御力？　重量？　耐久値？
天馬の羽を使って作られた靴
装備者に空を駆ける力を与えるといわれている
【効果】
空中移動最大？秒

再使用時間?時間
再使用可能まで：?時間?分

【アクセサリー：指】耐痺《たいひ》の指輪　レア度2
防御力+1　重量0　耐久値30
耐麻痺の術式が組み込まれた指輪
装備者を麻痺から守る事がある
【効果】
麻痺抵抗：?

《スキル：鑑定がレベルアップしました》

おぉう。何か大量にウィンドウが出てきたんですけど。

あと、なんかレベルアップした？

ふむふむ。内容を見るに、タクの装備を鑑賞してたらシステムが勝手に鑑定とかってスキルを発動してこれまた勝手にレベルアップしたって事？

システムさんナイスです！

……でも残念ながら俺では、数値を見てもこの装備が強いのかどうかすら分からないんだよなぁ。

でもホバーブーツはレア度が他のより高いし、性能もほぼ見えないからやっぱりレアなんだろう。いいな～。欲しいな～。

「なあ、タク。なんかお前の装備の詳細みたいのが見えて鑑定がレベルアップしたって出たんだが、これって……」

「……」

「？」

なんかタクがポカーンとした顔で俺の顔を見つめてくるんですけど。なに？　俺の後ろにスタンドでも居るの？

チラッ……居ないよ？

「おい、タク？　どうし」

「おーーい！　タクさーん！　お兄ちゃん見つかったーーー？」

と、そこに割り込んでくる少女の声。やけに良く通るその声は俺にとってはずいぶんと馴染みのあるもので……。

「おっ、その声は翼《つばさ》か？」

「へっ？　お兄ちゃん？」

こちらに駆け寄ってきた少女はやはり俺の良く知る妹の姿によく似ていた。まぁ、髪や恰好はずいぶんとファンタジーになってるけどね。

「おうとも。どうやって見つけようかと思ってたんだが、そっちから見つけてくれたようで手間が省けたな」

「お、お兄ちゃん？　ホントにお兄ちゃんなの？　え、いや、なんで……」

「お、おま、ちょ、なんで……」

「「なんで女の子になってるの!?」」

「失敬な!!」

FWOでは性別が選択できないのは二人とも知っているだろうに、何を言っているのかね、このバカ二人は。

「お兄ちゃん、お姉ちゃんになっちゃったの!?」

「なってねーよ！」

「いやいやどこからどう見ても女性型アバターにしか見えないって！　こっち来てから一度でも鏡見たか!?」

「むしろ鏡見ながらアバター作ったわ！」

はぁ、やれやれと力なく首を振る俺に、いやおかしいのはお前の方だと抗議を止めない二人。

そんなこと言われても俺にどうしろと？

「鏡見ろって言われても鏡なんて持ってないしな。むしろアイテムを何も持ってないまである」

お洒落さんなお二人とは違ってな！　くぅ〜。翼もタクと同じでベータテスターに当選してたのは知ってたけど、こうして俺もログインしてみれば更に羨《うらや》まし度が上がるな！

二人だけずるい！

「いやそれもそうだが……例えば水面とかさ。噴水……はプレイヤーで埋まってるか。シルフは水魔法取ってないか？」

「持ってないよ〜。私は風魔法が専門だからね！」

「だよなぁ」

「……あっ！　じゃあ、私がスクショ撮ってお兄ちゃんに送ろっか？」

「おお、その手があったか！」

そして恨めしげに二人の装備を睨《にら》みつけている俺を置き去りに進んでいく会話……誰か

状況の説明をプリーズ！　当事者のはずなのに完全に置いてきぼりをくらってるんですけど！

《プレイヤー名：シルフからフレンド申請がされました。受理しますかY／N》

ん？　あ、うん。これは受理しときますか。YESっと。

うぇっ！　なんだ⁉　フレンドになった途端に「むむぅ……」とか唸りつつ大きく離れたり顔を寄せたりといった不審な行動を翼がしてくるんですけど！　あ、ここでは翼じゃなくてシルフか、気をつけないとな……って、顔が近い！　全く。何で俺の周りの人はみんなして顔を寄せたがるのかねぇ？

「よし撮れた！」

《フレンドからメールが届きました。確認しますかY／N》

「ほら早く開いてみてよお兄ちゃん！　どう見てもお姉ちゃんだから！　むしろ妹だから！」

「いや、意味わからんし」

シルフから送られてきたメールの添付写真を開くと、そこには身長百四十五センチと男にしてはかなり小柄で（前ならえで前にならったことが無い）ぱっちりとした二重瞼《ふたえまぶた》からこぼれそうなほど大きな黒曜石のような瞳と、反対に小さな鼻。不機嫌そうにちょっと口を尖らせている、腰まで届かんばかりのツヤツヤした長い黒髪の人物が写っていた……って、今の俺の姿そのままじゃん。

「やっぱり男じゃないか」

「「いやいやご冗談を」」

二人に同時にツッコミをされてしまった……。

大変仲がよろしいようで何よりです。

「はぁ。そんな事はどうでもいいから、このゲームについて教えてくれよ。戦い方とかさ。二人ともベータ経験者だろ？　ぶっちゃけ俺、なんにも知らないしさ」

「いや、そんなことって、かなり重要なことだと思うんだが……まぁいいか。お前はそういう奴だったよ。ん～、街中を探索してもいいんだが、今は混んでるだろうから……先に戦闘から行ってみるか？」

「さっそくか！　いいねぇ。しびれるね～！」

「それじゃあ目指すは街の外だね！　門はあっちだよお姉ぇちゃん♪　むふふふ～」

「お姉ちゃん言うな」
シルフは、どこぞの子供しかいけない島の妖精っぽいライトグリーンの衣装の背中から伸びている半透明の羽を翻《ひるがえ》して、俺の手をとり歩き出した。光を反射して煌《きらめ》く金髪の隙間からのぞく耳がちょっととがって見えるしエルフなんだろう。たぶん。

プレイヤー　シルフ
エルフ　ファイター　Lv1

【防具：服】フェアリードレス　レア度？
防御力＋？　重量？　耐久値？
妖精が編んだとされるドレス
身につけた者に風の様に舞う速さを与えると言われている
【効果】
敏捷《びんしょう》値補正：？
スキル回避補正：？
セット効果：？

【防具：頭】フェアリーハット　レア度2
防御力＋20　重量1　耐久値150
妖精が編んだとされる頭巾
羽の様に軽く、身につけた者の魔法発動をサポートするといわれている
【効果】
詠唱速度補正：？
セット効果：？

【防具：手】フェアリーグローブ　レア度2
防御力＋20　重量0　耐久値150
妖精が編んだとされる手袋
羽の様に軽く、繊細な作業に向くといわれている
【効果】
器用値補正：？
セット効果：？

【防具：足】フェアリーブーツ　レア度2
防御力＋20　重量1　耐久値150
妖精が編んだとされる布靴
羽の様に軽く、素早い動きをサポートするといわれている
【効果】
敏捷補正：？
セット効果：？

【アクセサリー：指】耐黙の指輪　レア度2
防御力＋1　重量0　耐久値30
耐沈黙の術式が組み込まれた指輪
装備者を沈黙から守る事がある
【効果】
沈黙抵抗：？

《スキル：鑑定がレベルアップしました》

「タクもそうだがお前達の装備強すぎじゃね？　チートじゃね？　むしろベーターじゃね？」

いかにも妖精ですって感じの可愛らしい装備を身に纏《まと》っているシルフが恨めしい。いや、うらやましい。

「ベータ特典だな。ベータテスト終了時の装備が貰えるんだ。装備しているもの以外のアイテムはどんなレアアイテムでもなくなっちまうし、レベルも1に戻っちまうんだが……確かに今日から始めるプレイヤーからすればずるく見えるかもなぁ」

「私がお姉ちゃんだったら『殺してでも奪い取る』ね！」

いや、そこまではしないけども。やっても勝てないし。勝っても奪えないし。

「ま、こればっかりはしゃあねぇよ。諦めろ」

「む〜」

「それと、私達は気にしないけど、他のプレイヤーの。特に女の人の装備を許可も無くじろじろ鑑定するのはマナー違反だから気をつけてねお姉ちゃん」

「は〜い」

な～んか納得いかないが、駄々をこねても何かが変わるわけでもない。いつか２人を越える装備を身につけて自慢してやると心に誓いつつ、恐らくタクとシルフに向けられているのであろう他のプレイヤーの羨望《せんぼう》と嫉妬《しっと》の視線をやり過ごしながら街から出た。

ってかお姉ちゃん言うな。

◆◆◆

「街から一歩でも外に出たら、いつ戦闘になるか分からないぞ。武器は抜いておけよ」

そう言い虚空《こくう》から一振りのロングソードとレイピアを取り出すタクとシルフ。

俺も二人にならい自分の武器である本を取り出す。

「おお。ちゃんと出てきた」

このＦＷＯでは防具は着っぱなしだが、武器は装備しているものに限り、出現させたり消したりできる。

これは両手斧や両手剣等のデカイ武器を常に持ち歩いていたら重いし、あちこちぶつけるしで苦情がきて、本サービスから採用されたシステムらしい。逆にこの機能で出現させた武器以外は武器としての判定がないそうだ。

武器は装備しないと意味が無いぞ！　って事だな。

「それじゃ行く――」

「――いやいやいやいやいや。ちょっと待って‼」

「ん？」

「いやいや、『ん？』じゃねえよ！　何だよその本は！」

「マジックユーザーの初期装備ってワンドのはずだよね⁉」

「へ？　いや、俺マジックユーザーじゃないし？」

「え、でもその服はマジックユーザーの初期装備だし……」

「初期装備が本のジョブなんて……」

「？」

そこで初めて俺を鑑定したのか二人が頭を抱えだす。あれ？　なんか嫌な予感。

「もしかして、もしかしなくても召喚士《サモナー》って、弱いのか？　レア職かと思ったんだが……」

「FWOには癖《くせ》の強いジョブはあっても弱いジョブは無い！」

なぜかドヤ顔で叫ぶタク。なんでお前が誇らしげなんだよ。

「サモナーは地雷職なんだよお姉ちゃん！」

シルフ曰《いわ》く、サモナーは倒したモンスターを本に封印することで取り込んだモンスターを召喚、使役できる職業である。

曰く、モンスターが強いほど召喚できるようになるまでに封印しなければならない数が増える。

曰く、モンスターを本に封印した場合ドロップが発生しない。

曰く、召喚したモンスターはサモナーのパーティメンバー扱いになり、パーティの最大人数である六人。サモナーを抜いて五体までしか召喚できない。もちろん五体召喚したら他のプレイヤーとパーティも組めない。

曰く、最初の一体以外は五体封印完了するごとに召喚できるモンスターの枠が一つ増え、再選択は出来ない。つまりパーティの上限である五体召喚が出来るようになるまでには二十体のモンスターを封印完了する必要があり、これがなかなか大変である。

曰く、サモナーの得意武器であり、専用武器でもある本だが杖《つえ》や剣などと比べ作成のハードルが高く、宝箱からのドロップ以外で装備を手に入れるのが難しく、そのドロップ率もとても低い。

曰く、FWOではスキルの取得にSPというポイントを消費し、その消費量は職業によって変動するのだが、サモナーはスキル所得の為の消費ポイントが総じて高い。その上当然だが専門職に比べ効果が低い。

「分かるお姉ちゃん？　サモナーが地雷職って言われるのは戦闘職の収入源であるドロッ

プが封印している間まったく取れないのと、サモナーの本体とも言える強力な召喚獣を出すためには今まで組んでいたプレイヤーとパーティが組めなくなることなんだよ。だからサモナーと組んでくれるプレイヤーはほとんどいないし、サモナー自身はスキルが全然取れない上に効果も低いからマジックユーザーの劣化版にしかならないの。それに一人で五匹召喚できるところまで上げるのはすごーく大変なんだよ！　ドロップ出ないし！　つまり……」

「つまり……？」

「もふもふの子を召喚したらもふらせて！」

「つまりの前後で話が繋がってねえ！」

タクうっさい。

「あ、じゃなくって……えーと、そう！　わ、私達が協力してあげてもいいんだからね！　勘違いしないでよね！　レベル上げのついでなんだからね！」

「何故に唐突なツンデレ？　そして私〝たち〟ってサラッと俺まで巻き込まれてね⁉」

「タクさんうるさい」

「ガフッ！　唐突な腹パン、だと……理不尽、すぐる……ガクッ」

シルフのノーモーション、ノールックパンチが腹にクリティカルヒットしたタクは腹を押さえてうずくまる。

……え？　大丈夫なのあれ？　口で「ガクッ」って言う余裕があるみたいだし問題は無いとは思うが……。

「な、なあシルフ……」

「大丈夫だよ、お姉ちゃん。痛覚設定はデフォルトでオフになってるから」

「そ、そうか。じゃあタクのは単なるネタか……」

「ただ苦しいだけだからね」

「タク！　無事か！　死ぬな！」

いまだに腹を抱えてうずくまるタクに駆け寄り、助け起こす。と、あっさりと復活したタクが急に立ち上がった。

「あー苦しかった。死ぬかと思った」

「お、おう。もう大丈夫なのか？」

「ああ、毒とか欠損とかの継続ダメージでなければそう長くは続かないからな。つうか言う程苦しい訳でもないし。戦闘の邪魔になっちまうしな。それはさておき俺もお前の狩りを手伝うぜ。ここらの敵の素材で作れるような装備はいらないし、レベ上げついでだしな」

「……持つものの余裕が腹立たしいが助かるわ」

「お前の発言もちょくちょく一言多いよな！」

等々ふざけつつも敵を探していると草の陰に敵影発見！

やっと念願の初戦闘だぜ！……と、思ったんだが。

「はああああああああああああ」

「やぁあああああああああああ」

「ぎゅぎいいいいいいいいいい」

哀れタクたちに見つかってしまった一羽のウサギは、見敵必殺とばかりに一撃で沈められて、物言わぬ骸《むくろ》になってしまった……

かわいらしいウサギさんだったのに、身動きをとる間もなくかわいそうなウサギさんに……。

「かわいそうに……」

「『ついカッとなって殺《や》った。反省はしていない』」

「……封印さえさせてくれれば別にいいんだけどね」

『封印』

倒れていたウサギが光の粒になって俺が開いた本へと吸収されていく。

光の粒が全て消えて無くなった後、白紙だった本。正式名称『封魔の書』の一ページ目にさっきのウサギの絵と封印率二十パーセントと書かれたページが追加されていた。かわいい。

「へー、サモナーの封印ってそんな感じなんだ。初めてみたけどキレー」

「あぁ、だがちょっと勿体無い気もするな。アイツからは毛皮が剥《は》げるんだが……」

「あと四羽で封印率が百パーセント行きそうだし、それまで付き合ってくれよ。あと俺にも戦闘させてくれ」

「……って言われてもなあ?」

「お姉ちゃん、本でどうやって戦うつもりなの?」

「……角で殴って?」

「お姉ちゃん……」

「前衛職でもないのに殴るって、しかも攻撃力もリーチもない本で……」

「ううっ」

「まぁまぁ。ここは私たちに任せといてよお姉ちゃん!」

「そうだぞユウ。街に帰ったらいいロッドかワンドを一緒に探してやるからな」

「ああ、頼むわ……」

なんかほんと情けないな俺。ちなみにロッドとは敵を殴ることも考えた長い杖、ワンドは魔法発動のためだけの短い杖の事らしい。

◆◆◆

《プレイヤーがレベルアップしました。任意のステータスを上昇してください》

「おっ？」

「あっ」

「よし！」

あれからさらに四羽のウサギを狩り、今目の前で転がっているウサギを封印したら封率百パーセントになるというタイミングでインフォがきた。

「テレテレッテテッテッテーっと。レベルアップだな」

「だねー」

「ん～、ユウはサモナーだろ？　なら体力、敏捷、魔力のどれかを上げるのがいいんじゃないか？」

「ふ～ん。ＦＷＯは上げるステータスを自分で選ぶタイプのゲームなんだな」

それぞれのステータスが何に対応しているかは何となく分かるな。

ん～、長所を伸ばすか、短所を潰すか……ここは大人しく先達者に従っておきますかね。

ユウ　サモナー
Ｌｖ１　→　２
体力　11
筋力　8
敏捷　11　→　12
器用　13
魔力　15
精神　15

スキル
召喚魔法ＬＶ１（ＮＥＷ）火魔法ＬＶ１（ＮＥＷ）鑑定ＬＶ３（ＮＥＷ）

とりあえず敏捷を上げた。速さは強さだからな。
二人は何を上げたのかね？　マナー的に聞かないけどな。
「速さは強さだよお姉ちゃん！」
聞かなかったのに叫ばれた。さすがは兄妹だな。思考が似る。
《スキルポイントを二点獲得しました。SP 10 → 12》
火魔法とかSPとか気になることは山積みだがとりあえずは目の前のウサギだな。
『封印』
ウサギを封印するとウサギのページが輝きだし封印率が百パーセントになった。
《ウサギの封印率が百パーセントになりました》
《ウサギが封印完了しました》

《封印完了モンスターが一体になりました》
《召喚可能モンスター枠が一つ増えました》

連続でインフォが来たな。

ふむふむ。遂にウサギを召喚できるようになったたか。

エンカウント待ちの空き時間にやり方は調べといたし、さっそくいきますか！


『サモン・モンスター』

『サモン・ウサギ』


「おお！」

「なんかすごそう！」

召喚の呪文を唱えると封魔の書のウサギのページが輝き、ちぎれて飛んでいった。

そして飛んだページが地面に着くと同時にページを中心に魔法陣が発生。

そこからのそりと起き上がる一つの影が!!

……まぁ、ウサギなんですけどね。

「きゅい？」

「「かわいい！」」

魔法陣から出てきたウサギはひょこひょこっと俺の前まで近づいてくると、その長い耳ごと首を傾げて小さく鳴いた。ウサギが鳴くっていうのはあんまり聞かないけど可愛いからよし！

《　》ウサギ
ＬＶ１
体力　10
筋力　7
敏捷　15
器用　12
魔力　4
精神　7
スキル

索敵　気配察知　跳躍

ウサギ

主に草原に生息する兎

高い索敵能力と機動力を持ち、自分が敵わないと判断した相手が近づくと全力で逃げるため初心者以外の冒険者には逆に倒しにくい珍しい魔物

ウサギの毛皮は手触りもよく、服や防具の素材によく用いられている

地上で活動し、主な攻撃手段は体当たり、噛《か》み付き等

《モンスター：ウサギを召喚しました名前を設定してください》

召喚したウサギは雪の様に真っ白な毛並みと、反対にルビーの様に綺麗な赤いクリクリした瞳とピンクのお耳がチャーミングなもふもふっ子だ。

「うーん。名前、名前かぁー」

やっべ何も考えてない。

「どうしたのお姉ちゃん。このきゃわいい子の名前のこと？」

「適当でいいんじゃね？　インスピレーション？　とかも大事？　だと思うぞ？」

タクうっさい。お前は考えるのが面倒くさいだけだろ。

あとシルフ。なんで俺よりも先にウサギに飛びついてもふってんだよ。あとで代わってください。

「うーん。うさぎ……ウサギ……ラビット……ラビ……は安直だし。うーん。あっ、ボーパルでどうだろう」

ボーパル　ウサギ
LV1
体力　10
筋力　7
敏捷　15
器用　12
魔力　4
精神　7

スキル
索敵　気配察知　跳躍

ボーパルのステータスは敏捷がそれなりに高いな。次に器用。器用って何に影響しているんだろうか。命中率かな？

ステータスは俺と比べて低め。敏捷以外は俺のステータスを下回っているしその敏捷にしても俺の魔力や精神と同じだ。一番最初に出てくるスライム的モンスターだしな。しょうがないか。

「首狩り兎《ボーパル》ってお前、なんて恐ろしい名前を……」

「そう？　かわいい名前だと思うよ？　ねぇ～、ボーパルちゃん♪」

「きゅい！」

シルフの言葉に肯定するように鳴くボーパル。

やっぱい超可愛い。シルフ早くそこ代わって。

「うーん。一区切りついたし一旦街へ帰るか？　それとも、もうちょっと狩るか？」

「まだ街は混んでそうだし、ちょっと森の方まで狩りにいこうよ～。具体的にはもう一つレベル上がるくらいまで！　ボーパルちゃんの戦い方も見たいしね～。お姉ちゃんもそれでいいよね？」

「あー、うん。いいんじゃないか？　あとお姉ちゃん言うな」

時間はあるし今後の予定はそれでいいんだが、シルフはとりあえずその胸に抱えるもふもふした素敵な生命体をこっちに寄越しなさい。

ボーパルもまんざらでもなさそうな顔で抱きかかえられてるけど、ご主人様は俺だからね？　そこんところ忘れないでね？　ね？

「きゅい！」

「ボーパルちゃん？　きゃっ！」

ボーパルを召喚した所から歩いて数十秒。おとなしくシルフに抱かれて足をプランプランさせていたボーパル（かわいい）が突然顔を上げて耳をピョコピョコさせたかと思うとシルフの腕を振りほどいて走り出してしまった。

「あー！　ボーパルちゃん待ってー！」

「ちょっ！　シルフちゃん!?　ったく、追うぞユウ！」

「あ、あぁ」

猛然と走り去っていくボーパルとそれを追うシルフ。そのシルフを追う俺とタクという構図でしばし駆けると、先を走るシルフの向こうでウサギに体当たりをかましているウサギの姿が見えた。

「ぎぃ!」

「きゅい!」

そのまま取っ組み合いになる。ウサギとウサギ。

どっちかがボーパルだというのは分かるんだが、見た目が完全に同じだし、ゼロ距離で取っ組み合っている所為でどっちがどっちか分からない。それは先に追いついていたシルフも同じようでレイピアを抜きながらも困ったように眉を寄せて見てるだけだ。

「きゅいいいいーーー」

何だかんだと俺達が手をこまねいている間に決着がついたらしく、勝ちどきを上げるボーパルらしき兎。うん。鑑定結果にもボーパルって書いてあるから間違いないな。

「おぉ! ボーパルちゃんつよーい!」

「先制攻撃が決まったのが良かったな。ほぼ同ステータスのはずだからタイマンはやらせるべきじゃないとは思うが……」

「HPも二割ぐらいしかないし、ボーパルはしばらく休憩と索敵だな」

「きゅい!」

その後もボーパルの先導で二匹のウサギと連続で戦闘をしてから森の入り口へと到着し

た。

ボーパルが倒したのを合わせて三匹のウサギからは三枚のウサギの毛皮が取れた。

三人で一つずつに分けて収納《ストレージ》に仕舞っておく。

ウサギの毛皮は本来の売値はすごく安いらしいが、初級の防具作成の材料のため、今の時期は値段が上がっているだろうとのことだった。ラッキー。

「……にしてもボーパルは思ったより役に立つなぁ」

「きゅい？」

「ん？　そうか？　最初以外応援しかしてないと思うが……」

まぁ、その応援でシルフのやる気は天元突破してるけどね。

「いやな。ここまで来る間の数分で二回もウサギと戦闘があっただろ？　スキルにも索敵はあるけど、こんな序盤に視界に入らないような距離の敵の位置を正確に把握するだなんて、なかなかできるもんじゃないぜ？」

「当然だよ！　ボーパルちゃんはすごいんだよ！　だってこんなに可愛いんだもん！　可愛いは正義だよ！」

「……なんでシルフが偉そうなのかは分からないが、ここから先は見通しの悪い森の中だ。頼りにしてるぞ？」

「きゅい！」

「戦闘は二人に任せっ切りだしな～。ボーパルと二人で出来ることをやるさ」

俺にできることなんてほとんど無いんだけどね。頑張れボーパル！　ファイト！

「あっ、そうだ。レベルアップしたとき、スキルに火魔法があったんだが、魔法ってどうやって使うんだ？」

火魔法のポーズとか取らなきゃいけないのかな？　あとは詠唱スキルとか？

「お？　サモナーは初期で魔法が入っていたのか。召喚魔法だけかと思っていたぞ」

「お姉ちゃん。魔法はリストから選択したら勝手に詠唱が始まって完成したら発動するよ。ただ、詠唱中にダメージをくらったら高い確率で詠唱がキャンセルされちゃうから注意してね！　ダメージが大きい程キャンセル率が上がるから詠唱中はクリティカルは絶対貰ったらダメだよ！　尤も詠唱中じゃなくてもクリティカルは貰ったらダメだけどね。ちなみに火魔法のレベル１魔法はファイヤーボールだよ」

「そうか。なら試しで……」

ファイヤーボール発動！

魔法リストからファイヤーボールを選択すると口が勝手に動いて詠唱を始める。自分の体が勝手に動くのはなんかくすぐったいな。

「ちょっ！　待って待って！　ストップ！　ストーップ！」

「ん？　どうした？」

あ、詠唱が止まった。なるほど喋《しゃべ》ったら止まるのね。

「火魔法はなぁ……威力は他の魔法より高いんだけど色々デメリットもあるんだよ。まず射程が短いし、水中では使えないし、ここみたいな森だと燃え広がってダメージ受けたりする」

「後は暗い所で使ったら超目立つね！　まぁ、これは一長一短だけど」

「なるほどなぁ……」

火魔法はあまり使い勝手は良くなさそうだなぁ。まぁ、召喚魔法がメインだろうし、何も無いのに比べれば遥かにマシなんだけどね。

「オススメは風魔法だよお姉ちゃん！　射程が長いし攻撃自体が見えにくい分避けにくいからね！」

「威力は低めだけど当たりやすいってのはいいよな。当たらなければどうということはな……」

「きゅい！」

タクが似てない声真似をしようとしたのを遮る様に、ボーパルが体を起こして鳴き声をあげた。その鳴き方は何回か聞いた、敵を発見した時のものだ。

とりあえず火魔法が使い物にならないことは分かったし、無駄話はやめて三人と一匹でボーパルが見つけたモンスターのほうへと向かう。果たしてそこにいたのはもっきゅもっきゅと草を食んでいる一抱えはありそうな大きさのイモムシだった。

モンスター　キャタピラー　Ｌｖ１
状態　食事中　パッシブ

《スキル：鑑定がレベルアップしました》

「キャタピラーだな。高確率で落とす糸が防具作成の材料になる」

「かわいい！」

「そうか？」

かわいい発言をしたのはシルフだ。確かに食事する姿は愛嬌《あいきょう》があるかもだが、あのサイズのイモムシはちょっと……。

「えー、可愛いじゃん。ほら成長したら綺麗なちょうちょになるかもよ？」

「怖い蛾《が》になるかもだろ?」

「ぶ~。じゃあキャタピラーは封印しなくてもいいんだね?」

「あ、いえ。それはお願いします」

てなわけで、戦闘かいs……戦闘終了。食事中のイモムシの背後からタクが接近。一刀両断にして終わった。

これ、火魔法じゃなくても魔法使う必要性ないよな。シルフも風魔法持ってるんだろうけど使ってないし。

キャタピラー一匹の封印率はウサギと同じ二十パーセント。つまり後四匹で封印完了だな。サクサク行ってみよー!

◆◆◆

「きゅい! きゅいきゅいきゅいきゅい!」
「「「「ぐるるるるるるる」」」」
モンスター 野犬 Lv2
状態 アクティブ

次の獲物を探して森を散策していたら突然ボーパルが警戒の鳴き声をあげだし、その声にあぶりだされたかのように五匹の犬が姿を現した。

「ちぃっ！」

まだ互いの攻撃が届くほどの距離ではないがその輪を徐々に縮めて来ている。

「……野犬。常に三匹以上で行動していて挟み撃ちや包囲もしてくる。隠蔽《いんぺい》のスキルがあるみたいで奇襲を受けることも多い。この時間の森では一番厄介な相手だな。牙や爪を落とすことがあるけど使い道はほとんど無い」

「私とタクさんで二匹ずつ仕留めるから援軍に行くまで一匹押さえられそう？」

背中合わせで三方向を向いた俺の背後で、武器を構えているタクとシルフからそんな風に声を掛けられる。

ボーパルのＨＰはちょっと回復して四割ほど。魔法が使えない以上俺に戦闘で使えるスキルは無い。だが、タクとシルフの戦闘力を考えると耐えなければいけない時間はそれほど無いだろう。なら……。

「無理だって言ってもやらなきゃいけないんだろ？」

「まーねー」

「んじゃ、サクッと仕留めてくるから、そっちは任せたぜ」

そういうと野犬を威圧するように剣を振りつつ近づくタクと、軽装を活かし矢の様に飛び出していくシルフ。そして俺のところには……。

「ぐるるるるるるる」

「いくぞ、ボーパル！」

「きゅい！」

HPの無いボーパルは速度を活かして側面に回りこみ遊撃を、正面は俺が担当する。

「がるぅ！」

横に回りこんだボーパルにちらりと目を向けながらも、前に陣取り武器も構えていない俺へと飛び掛かってくる野犬。

突然飛び掛かられたのならともかく、来ると分かっているのをかわすだけならば俺でも余裕だ。

「うおっ！」

そう思っていた時期が俺にもありました。

大きく横へ跳んで野犬の飛び掛かりをよけた俺は、思いっきり足を木の根に引っ掛けすっ転んだ。

「がるるぁ！」

そんな絶好のチャンスに野犬が追撃を仕掛けないわけがない。

野犬は倒れる俺へと一目散に駆け寄る。そう、周りを気にもせずに。

「きゅいーーーーーーーーーーー！」

「ぎゃおう⁉」

駆ける野犬の横っ腹へとボーパルが弾丸のような速度で突っ込む。

ボーパルの突撃で軌道が逸れた野犬はボーパルともつれるように俺の直ぐ隣へと転がり込んだ。

「ナイスボーパル！」

「きゅい！」

飛び起きた俺は起き上がりかけている野犬の腹をサッカーボールの様に蹴り飛ばす。

「ぎゃん！」

蹴り上げられて吹き飛んだ野犬が背後の木へと激突し、そこへさらに木と自分の体で押しつぶす様にボーパルが体当たりをし、野犬のＨＰバーを消し飛ばした。

《プレイヤーがレベルアップしました。任意のステータスを上昇してください》

「きゅいいいいいいいい!!」

勝利の雄たけび？　を上げるボーパルをぎゅっと抱き寄せて勝利の喜びを分かち合う。

よしよし良くがんばったなぁ～。もふもふ！

ユウ　サモナー
Lv2　→　3
体力　12
筋力　10
敏捷　12　→　13
器用　13
魔力　15
精神　15

スキル
召喚魔法Lv1　火魔法Lv1　鑑定Lv3　→　4

《スキルポイントを二点獲得しました。SP　12　↓　14》

ステータスはもう一度敏捷を上げておいた。今の戦闘でもすっ転んだ所為で危なかったしな。もうちょっと機敏に動きたい。プレイヤースキルの問題だろうという意見は受け付けません。

《召喚モンスター：ボーパルがレベルアップしました。任意のステータスを上昇してください》

おっ、ボーパルもレベルアップだ。大活躍だったもんな。

ボーパル　ウサギ
Ｌｖ１　↓　２
体力　10
筋力　７　↓　８
敏捷　15

器用　12
魔力　4
精神　7
スキル
索敵　気配察知　跳躍

ボーパルの敏捷は高いから筋力を上げておいた。ボーパルはポジション的には遊撃の接近戦だろうに、後衛の俺よりも筋力が低いからな。最低でも10に行くまでは筋力特化だな。

「すごいお姉ちゃん！　勝っちゃった！」

「ボーパルとの連係もなかなかだったな。特に最後の追撃とか」

「……のんきに見学しといてよく言うな……」

そう。こいつら自分の分を倒した後も加勢もせずに俺達を眺めていやがったのだ。すぐ助けに行くとはなんだったのか……。

「いや〜、意外といい感じに戦っていたし？　まぁいっかと思ってな」

「実際二人とも無傷だったしねー」

まぁ、そうなんだけど。そうなんですけど。何だろうかこのもやもや感は。

どうにも釈然としないがとりあえず横に置いておいて、野犬を封印すると一回で五十まで封印率が上がった。

野犬が五匹いたことを考えて一匹当たりは十パーセントか。ウサギやイモムシの半分だな。

まぁ前二匹に比べて好戦的だったし群れて出てくるのも考慮されているのかもな。

「さて、ボーパルの戦闘力も確認した。レベルも上がった。時間もいい感じだし街へ帰るか」

「さんせー」

「そうだな。ちょっと休みたいしな」

◆◆◆

てなわけで自動生成のミニマップを見つつ森を抜け、草原を抜け、街へと帰ってきた。

途中キャタピラー二匹を封印しつつ戻ってきた街は、人は多かったけれど混雑ってほどではなくなっていた。

むしろ平原の方が混んでるまである。ボーパルがウサギを見つけてもだいたい他のプレイヤーが戦ってたしな。

「んー、リアさんは南の通りにいるみたいだね」

「南ならあっちだな」

「そして今、俺達は二人のベータ時代の知り合いだって言う人のところへ向かっているのだった」

「ユウ？　誰に話しかけてるんだ？」

「気にしちゃだめだよ。あれはお姉ちゃんの発作みたいなものだから」

「誰が病気か。で？　そのリアさん？　って人はどんな人なんだ？」

「んー、リアさんは商人だね。あと料理もちょっとやってたなぁ。他の色々な生産職と同盟みたいのを組んでて、その仲介役みたいな？　女ボスみたいな？　そんな感じ。リアさんのところに行けばだいたいたいなんでも揃う感じだね！」

「あら、女ボスとは言ってくれるわね」

突然横合いから声を掛けられた。声の聞こえたほうに振り向くと屋台？　で女性がこちらに小さく手を振っていた。

「り、リアさん……」

「あなたがユウちゃんね。シルフちゃんからお姉ちゃんで妹なお兄ちゃんを紹介するって謎かけみたいなメールが届いたのだけれど……」

「ども、シルフの兄です」

柔らかく微笑みを浮かべるリアさんはシルフが言うような女ボスにはとても見えない。

……なんでかシルフは金縛りにあったように固まってるけど。

「ふーん？……性別の変更機能が追加されたって話は聞いていないのだけれど……」

「いやいや、コイツはリアルでもこんな感じですよ。髪は短いですけど」

「あら、タククんもお久しぶりね。ここに来たってことは買取かしら？」

「はい、ウサギの毛皮の買取を少し、それとコイツ用に杖を一つください」

「杖ねぇ……ちょっと待ってて貰えるかしら。レンくんに適当に見繕ってきてもらうから」

「おっ。レンの作成品なら期待できますね」

「ふふっ、スキルレベルがリセットされてるから他とあんまり差は無いと思うけどね？」

リアさんに目上の相手様の対応で親しげに話すタクと、その横で直立不動で黙っているシルフ。

家の妹様は割と怖いもの知らずな性格だと思っていたんだが、リアさんみたいなタイプが苦手なのかね？

「レンって言うのは？　ベータプレイヤーなのか？」

「ウッドワーカー。つまりは木工専門職の人だよ。まぁベータじゃクラスチェンジが無かったから自称だけどね。杖とか弓とか家具とか作ってるんだけど、レンくんはベータ時代三本の指に入るぐらいのすごい腕だったの。それこそブランドができるぐらいにね」

「そりゃすごいな」

とりあえずそのレンって人が自作の杖を持ってここに来てくれるそうなので待つことに。

「先に毛皮の買い取りをしてしまいましょうか。いくつ売ってくれるのかしら？」

「各一枚ずつの計三枚ですね」

「……こう言ってはあれなのだけれど随分と少ないのね？」

「あぁ、こいつがサモナーなんで」

タクがそう言って俺の肩に手を置いてニヤッとドヤッの間の様な顔をしている。戦闘とゲーム知識で多少見直したかと思ったけどやっぱキモイなぁ。

リアさんは一瞬キョトンとした後、すぐに俺たちの顔を見て苦笑を浮かべた。俺がどんな顔をしていたかはご想像にお任せします。

「ども、サモナーのユウです」

「きゅい！」

自分もいるぞと屋台のカウンターに飛び乗ったボーパルが片手を挙げて鳴いてる。かわいい。

「あらあら、まぁまぁ。サモナーはジョブ選択時に出てくることが珍しいレア職な上に癖が強すぎるって有名だから、もしかしたら第一世代で唯一のサモナーかも知れないわねぇ……これはサービスしておくべきかしら？」

え？　何それ？　サモナーが少ないとは聞いていたけど、まさか俺一人ってことは……いやさすがに無いだろう。

……無いよな？

……おい、そこのお二人。なぜ黙って目を逸らす？　なにゆえ慰《なぐさ》めるように肩を叩く!?　止めろ！　励ますんじゃない！　なんか虚《むな》しくなっちゃうだろう！

「そう言う事ならボクにも一枚噛ませて欲しいな」

俺達の会話に割り込んできたのは一人のボーイッシュな女の子。いや？　ボーイッシュな男の子だ。

？　ボーイッシュな男の子って意味被ってるな。要はボーイッシュな女の子みたいな男の子か？

なんて言うか……こんなにかわいい子が女の子なわけないじゃない。って感じの子だな。

「おまいう」

タク黙れ。

「やはやはー。タククんとシルフちゃんはベータぶり！　そっちのお姉さんは初めましてかな？　レンって言います！　職業は気分的にウッドワーカーやってます！　よろしくね？」

「レンレン、やはやはー。こっちのユウちゃんはこう見えても私のお姉ちゃんです！」

あっ、シルフが再起動した。でも目線はリアさんに一切向けていない。何がそんなに怖いのかね……。

「ども、シルフの兄でサモナーのユウです。こっちはウサギのボーパル。あと、お姉ちゃん言うな」

「きゅい！」

よろしく！　って感じで手を挙げて挨拶《あいさつ》するボーパル。かわえぇ。

「もーう。ボーパルちゃんは賢いなぁ！」

「きゅいぃぃぃーーー」

カウンターの上に立つボーパルにヘッドスライディングをかますように抱きつき、そのまま頬《ほお》ずりをするシルフ。ボーパルも苦しいのかもがいてるが……悲しいかな。ウサギの筋力じゃファイターのシルフには勝てないようで、やがて諦めたのかクタっと力を抜いて脱力していた。

……いや、あれ落ちてないよな？　ただでさえもボーパルはまだHPがフル回復してないんだから手加減してあげて！

「えっ？　じゃあユウくんはボクとおなじ男性型アバターなんだね！　仲間だね！」

「お、おう」

なんか仲間意識を持たれてしまった。タクも男性型アバターなんだが……女性に間違えられる男性仲間だろうか？　嬉しい様なそうでもないような微妙な関係だな。

「あっそうだった！　杖だよね！　ボクが作ったのでも性能高めなの持ってきたから好きなのを選んでよ！　リアさん机借りるね！」

「あっ、ちょっと……もう」

カウンターに所狭しと並べられていく大小、長短、太細様々な杖たち。まだ始まったばかりだって言うのにもうこんなに作ったのか。凄いな。

「材質はほとんどカシばっかりで追加効果も無いのばっかりだけど、勘弁してね。

そういえばユウくんはワンドとロッドのどっちを使うの？　ああ、ワンドって言うのはね所謂《いわゆる》短杖のことでロッド……長杖に比べて魔法使用の効率が……」

「これ……だな」

なにやら楽しそうにマシンガントークをしていたレンくんには悪いが俺は一目見た時からコイツにしようと決めていた。長さは一メートル半程で、今日レンくんが持ってきた中では一番長いやつだ。頭に行くほど太く、石突にいくほど細くなり。装飾なんかは付いていない長い円錐の底面に半球を付けた様な杖だな。本音を言えば杖じゃなくて杖《じょう》が欲しいところだが……この中では一番コレがしっくりくるかな。持ってみた感じだとちょっと細めか？　あくまでも俺の感覚の問題けどね。

【武器：杖・棍】カシのロッド　レア度1
攻撃力＋10　魔法攻撃力＋5　重量2　耐久値３００
カシの木を削り作られた長杖
物理攻撃に向いており魔法発動の補助も行うが効果は低め

「……ふむふむ」

中心の下を持って軽く振ってみる。

作成者の腕がいいからか綺麗に重心が取れていて振りやすい。欲を言えばもう少し重量

があった方がいいが、初期装備としては上出来だろう。

「これいいな。これください」

「あー、なんかそんな気はしてたよ」

「まぁ、いつも使ってるのに近い方がいいよな。杖ではないが」

タクうっさい。いいんだよ別に。ちっちゃい頃に習っていた合気道の稽古《けいこ》だとしても、少しでも齧《かじ》ってる物の方が使いやすいだろう？

「うーん。そのロッドは杖って言うかほとんど棍に近くて魔法攻撃はあんまり上がんないんだよね。性能はそこそこだけど、需要がぜんぜん無いんだよ～。そうだ！　ユウくんとの出会いを祝してプレゼントしちゃおう！」

「えっ？　いいのか？　売り物なんだろ？」

「うん。本当はシステム的にも良くないんだけど、このまま売れ残って倉庫でほこりをかぶっているよりはユウくんに使ってもらったほうがこの子も嬉しいと思うんだ。それに、ユウくん実はお金あんまり持ってないでしょ？」

「あっ」

考えてみればウサギの毛皮一枚分の金しか持ってない。それだけじゃ……まったく足らんわな。

「やっぱりね。サモナーはどうしても序盤はお金が足りなくなるらしいからね。小遣い稼ぎの為にも何か生産系のスキルはとっておいたほうがいいと思うよ?」

「あぁ、うん。悪いね。ありがたく貰っていくよ」

「うん。これからもどうぞご贔屓《ひいき》に! なんてね?」

イタズラっぽく笑うレンくんはなるほど女の子と間違えられるのもわからんでもない可愛らしい笑みだった。

第二章　錬金少女と新たな仲間

無事にロッドを手に入れた俺は封魔の書をサブウェポンに設定してカシのロッドをメインウェポンに設定した。

それからタク達に教わりつつ、杖スキルとオススメされたダッシュと回避と防御のスキルをSP9を消費して取得したところでリアルでは午後八時。我が家の晩飯の時間だ。

手早くリアさんとレン君とフレンド登録をして、屋台を後にさせてもらった。リアさんは基本的にここで店をやっているらしいので次からも素材の買取ではお世話になろう。

てなわけで翼と二人。FWOからログアウトして晩飯を食べる。

ちなみに晩御飯はカレーだった。

家ではカレーやシチューが作られると無くなるまでは三食同じメニューのセルフサービスになる。

カレーとは母のご飯作るのめんどくさい宣言と同義であるのだ！

……とか、どうでもいい事を考えつつ、俺がカレーをよそっている間に翼が机を拭いてテレビをつけて、スプーンを用意する。

「ほい、翼の分」

「ありがとー」

翼と二人で対面に座り、何が面白いのかよく分からない芸人が出ているバラエティを何とはなしに眺めながらカレーをかきこみ、さっと洗ってそれぞれの部屋に戻った。

ＦＷＯから戻ってきてから片付けが終わるまでに十分程しか経ってないけど、楽しみにしていたゲームの発売日だからね。仕方ないね。

というわけでいざボーパルのもとへＧＯ！

◆◆◆

《キャタピラーの封印率が百パーセントになりました》
《キャタピラーが封印完了しました》
《スキル：召喚魔法がレベルアップしました》
タクとシルフはベータ時代のパーティメンバーと合流して本格的な攻略に入るらしいので俺の初心者講座もこれで終了。

ボーパルと二人でキャタピラーを後二匹封印するために森の浅いところを中心に探索し、キャタピラーの封印率がやっと百パーセントになった。

「ふぅ、キャタピラー封印完了っと」

「きゅい！」

「これもボーパルのおかげだ。ありがとな」

「きゅぃ～」

照れてるのかどことなくモジモジしている様にも見えるボーパル。かわいい。

「さて、これからどうしよっか。順当に行けば森の奥に進むべきなんだろうけど、野犬が怖いしなぁ……それに日もくれてきたしな」

「きゅい」

俺の言葉に同意するように頷くボーパル。

俺達がログインしたころから徐々に日が落ち始めて、今ではもう太陽はそのほとんどを地平線へ沈めており、辺りを茜色《あかね》に染めている。

どこか遠くからカラスの鳴き声まで聞こえてくる気がするな。

現実ではもう夜九時を過ぎており外は真っ暗だろうに、ゲームでは今やっと黄昏《たそがれ》というのは違和感があるが、ゲームだけに内部時間が現実とはずれているのかもな。ともあれ、

「夜の森とかとても俺たちのレベルじゃ敵う気がしないし街に戻るか。あるいは街周辺なら今の俺たちでもある程度は狩れるかもな。夜限定のモンスターとかいるかもだし」

「きゅい‼」

初めはボーパルが賛成の声を上げたのかと思った。

でも違う。これは警告だ。すぐに杖を構え周囲を見回すが敵らしき影は見えない。

小さく眉をひそめるも、ボーパルは未だに戦闘態勢を解いてはおらず、その長い耳を忙しく動かし周囲の音を拾っているようだ。ならばここはボーパルの邪魔にならないように息を殺して些細《ささい》な変化も見落とさないように周囲へと目を向けることに徹する。俺なんかとボーパルでは周辺の把握能力にそれこそ亀とウサギほどの差があるからな。

そのボーパルが何かを感じ警戒をしているのならばそこには俺の感じられない何かがきっとあるのだから。

「きゅい！」

忙しくその小さな顔と大きな耳をきょろきょろさせていたボーパルだが、やがて何かを見つけたのか一つの方向へと駆け出していった。

慌ててボーパルの後を追う俺だが、当然小柄で俺よりも早いボーパルに追いつけるはずも無く……ボーパルは時々立ち止まって俺を待ってくれていた。ありがとうボーパルぅ……ダメなご主人様でゴメンよぅ……。

感謝の気持ちをボーパルに伝えつつ、今回待ってくれているのはボーパルだけで突っ込んでいったときに叱られたのを覚えていたからか、あるいはこの先にある何かが自分一人では対処できないと考えての行動なのか。

……後者だったら嫌だなぁ……出来れば簡単に対処できるレベルの事であってください。

ドガアァァァァァ…………ン

「きゅいぃぃ!?」

草木を掻《か》き分ける音とボーパルの急かす様な鳴き声以外静かな森の中へと突如轟音が鳴り響いた。

何処か落雷を思わせるその音は間違いなく何かの爆発音だ。

その爆発音にびっくりしたのかひっくり返って坂上から転がり落ちてきたボーパルを抱えて音の聞こえた方へと走る。

ここまでくれば俺も今の状況の異常性に気がついている。

時間は夕暮れ。つまりは昼のモンスターと夜のモンスターの変わり目の時間。

場所は森の中、昼でも少し薄暗いのに日も暮れ始めた今では、夕日は木立に阻まれ日が届かない。今は何とか前や足元も見えているが、あと三十分もしたらやばいかもしれない。

そしてさっきの爆発音。とてもではないがキャタピラーや野犬のようなモンスターが起こしたとは思えない。

おそらく爆弾か何かが爆発した音。つまりはこの先には爆弾を使うような者、おそらくは人がいる。

最後にボーパルの急かす様な態度と使い捨てであろう爆弾を使わなければならない様な状況とを合わせて考えれば、

「「「「カーーーーーーー!!」」」」

「いやっ！　やめ、止めるデス！　こっち来るなデスぅーー！」

誰かがモンスターと戦闘中、しかも劣勢であると予測するのはさほど難しくはなかった。

モンスター　カラスLv2
状態　アクティブ

難しくはなかった……んだがこの光景はあまりにも予想外すぎて思わず足を止めてしまった。

さっきから聞こえていたカラスの鳴き声が単なるBGMじゃなくカラスのモンスターの

鳴き声だったから驚いたのか、否。

そのカラスの数が明らかに両手じゃ数え切れなさそうだったから驚いたのか、否。

カラスに襲われて涙目になっているのが見た感じ自分と同い年ぐらいで、長いピンクブロンドの髪を後ろにおろしさらに頭の左右でツインテール？　ツーサイドアップ？　うさぎ結び？　に髪を結ったどう贔屓目に見ても美少女としか表現のしようがない優れた容姿の持ち主だったからか、否。

問題はその少女の服装にあった。

白とピンクを基調とし所々に可愛らしいフリルをあしらった、上着とスカートが一体となったドレスの様な服。そんな服でもある程度は動きやすさを求めたのか、上着は体のラインにぴったり沿うコルセットの様な柄で少女の山も谷もある体をこれでもかと強調している。

また、スカートも足の動きを妨げないようにか膝上までしかなく、膝から下は少女の白くほっそりとした足が覗《のぞ》いており、少女がカラスを振り払おうと手に持った杖を振り回すたびに短いスカートが危険な高さまで捲《めく》れ上がりそうになっている。

さらに少女が振り回している杖もまた先端に水晶を据えたカラフルな色合いをしている非常に目立つ物で、その服装と相まってどこぞの萌アニメの魔法少女のコスプレのようである。しかもこの美少女はこの格好が非常に似合っていた。

ともあれそんな日本でも極一部の地域にしか生息していないようなプリティでキュアキュアな格好の少女が、森の中で、たくさんのカラスに囲まれて、えいえいと杖を振り回しているのだ。一瞬脳が状況の判断を放棄してこのシュールな光景を呆然と眺めてしまっても仕方あるまい。

「きゅい！」

現実逃避気味に言い訳じみた思考を頭の中で巡らせていると、ずっと腕に抱えたままだったボーパルが早く降ろせとばかりに暴れだし、それでやっと俺の意識が現実に回帰した。

「えーと、色々と突っ込みたいことはあるんだが……とりあえず助けるぞボーパル！」

「きゅい！」


《Cクエスト『錬金少女との邂逅《かいこう》』を発見しました。受理しますか？　Y／N》

なんか出てきたけど今はそれどころじゃないので放置！

すると勝手にYESが選択されインフォは消えた。行動で選択を示したってとこかね？

良く分からんけど。

「きゅいーーーーー！」

「カァ!?」

もはや十八番《おはこ》になりつつあるボーパルの先制体当たりが、少女に攻撃するために低空に下りていたカラスにクリティカルヒット。

そのままもつれ合うように地面に転がりカラスの上を取ったボーパルが、地団駄を踏むようにカラスの背中に連続で踏み付けをして、一羽目のＨＰバーを消し飛ばす。

「なっ？　なんデス？　ウサギ……デス？」

「「カーーーーー！」」

突如現れた小さな救世主に困惑の声を漏らす少女を放置し、カラス達のヘイトが仲間を倒したボーパルへ向かう。

いくらボーパルが素早かろうと有利な上空から数に物を言わせた連続攻撃をされれば捕まるのは時間の問題だろう。さっきみたいな全力の体当たりには助走が必要だし、そもそも迂闊に飛び上がれば格好の的だからな。

だがもちろん俺がそんなことはさせない。

「ハァッ！」

上段。右斜め上へと構えた杖を太刀の様に打ち下ろし、ボーパルに迫ろうとしていたカラスの内一羽を打ち落とす。

「ガァ⁉」

驚きの声を上げ地に落ちたカラスが振り向いた時には、すでに腰だめまで引き戻していた杖を槍の様に突きだし叩き潰す。

「シッ！」

「ギャガ……」

地面に落ちているがゆえに衝撃を余すことなく受け止めたカラスはそれでもＨＰを一割ほど残していた。

「せぃ‼」

見るからにフラフラで飛ぶどころか起き上がることすらできそうにないカラスへと、俺は薙刀のように足元を薙ぎ払いとどめを刺す。

さすがにＨＰが無くなったカラスは払いを受けた勢いのまま地面を転がり近くの藪《やぶ》へと突っ込んだ。これで踏んづけて転ぶこともないだろう。

しかし三回殴ってやっと倒せるのか……なかなかに厳しいなぁ。なぜなら……。

「「「カーーーー‼」」」

これ以降はあいつらがそう簡単に連続攻撃を許すとは思えないからだ。

未だ数え切れないほど飛んでいるカラスが、明らかに俺とボーパルに敵意を向けているのが分かる。

これは面倒くさい持久戦になりそうだなぁ……。

◆◆◆

「らぁあ！」

「「カーーーー!!」」

また一羽カラスを落とした。これまで何羽のカラスを落としたかもう覚えていない。だが、飛んでいる数よりも地に落ちている数のほうが増えてきたのは確かだ。

「カーーーー」

「きゅぃぃいーーーーー！」

すでに夜の帳もおり、この場に無傷なものはいない。度重なる波状攻撃を捌き切れずに俺のＨＰも五割を下回ってもうすぐ四割にさしかかろうとしているし、カラスどもも半分以上が落ち、生き残っているやつも少なからず反撃をもらいＨＰが五割を下回っているものがほとんどだ。

そしてそれはボーパルも同じ。ボーパルのＨＰは五割どころか二割を下回っており、当たり所が悪ければ次の一撃で沈んでしまうかもしれない。何しろボーパルには有効な攻撃手段が体当たりしかなく、カラスは攻撃時以外は上空を飛んでいて下手に飛び上がれば袋叩きにあう。攻撃時にカウンターを当てようにも急降下して突撃してくるカラス相手に真正面からぶつかれば双方ダメージは必至だから、突撃を回避してからの反転体当たりをするしかない。だが、悠長な反撃を許すほどカラスの連係も甘くはないのだ。

ゆえにボーパルは回避に徹して、時折俺に集中しているカラスを背後から強襲して挑発をし続けてくれている。

だがボーパルがいくら速いといっても、そんな状態がいつまでも持つはずもない。

カラスの数も減ってきて与えるダメージが増え、受けるダメージが減っていったが、それでもじりじりとかすりダメージでボーパルのＨＰは減っていき……ついにその時を迎えた。

「きゅい⁉」

「ボーパル！」

カラスの降下攻撃をかわした着地を狙われた攻撃に回避しきれなかったボーパルがついに直撃を受けてしまう。

残り少ないＨＰが恐ろしい勢いで減っていき、そして……。

「きゅ――――――」

ボーパルの姿が一瞬ぶれた後霞の様に消えてしまう。

…………いや、分かっている。ボーパルは消滅《ロスト》したんじゃない。デスペナルティで一日召喚出来なくなっただけだ。また明日になれば元気な姿を見せてくれるだろう。

だが、それでも……。

「お前ら……もういい。チマチマした削り合いは終わりだ！　死にたいやつから前へ出ろ！」

「「カーーーー!!」」

残るカラスはあと六羽。全羽体力が半分以下で、どこと無く飛行もぎこちなくなっているが、対する俺も残りＨＰは三割ほどしかなく、精神的疲労で体の動きも鈍くなってきていた。俺が未だに立っていられるのは積極的に攻勢に出ずに体力の温存に徹していたのと、ボーパルの献身的なサポートのおかげだ。

だが耐えるのはもう終わりだ。

とりあえず目の前に着地している、ボーパルにとどめを刺してくれやがったカラス野郎の頭をかち割ろう。

「ガッ――――」

残り五羽。

背中に衝撃。痛みを伴わない不快感だけが発生することへの違和感にはどうにもなれないな。

「ぐっ、んのぉ！」

「カァ⁉」

その攻撃をある程度予測していた俺はすぐさま体を反転。回転力を存分に乗せた殴打を横からもろにぶつけて弾き飛ばす。真横にかっとんだカラスは太い木にぶつかり沈黙。残り四羽。

「「「カーーー！」」」

三方向からの同時攻撃。とりあえずサイドステップで三羽が俺へと到着するまでの時間をずらす。そのままサイドステップした方向から接近したカラスの一羽へとそっと杖を合わせ、巻き込むように回転。十分体勢が崩れたところで斜め前から迫る二羽目へとスイング。

驚き急停止する二羽目を無視し前へと踏み込む。

正面から迫る三羽目に対し限界まで腰を落として避ける。カラスが頭上を素通りしたのを確認したのち、後ろ足を返して反転。無様にも空中で激突してもつれる様に失速していた一羽目と二羽目のカラスを追撃し一羽を仕留める。残り二羽。

「カーーー！」

さっきかわした三羽目のカラスが空中で転回。速度を十分に乗せて突撃してくるのを正眼に構えて迎え撃つ。

バサッ
耳に届いた小さな羽ばたき音と背筋を駆け上がった嫌な悪感に従い大きく横にとび回転受身で直ぐに立ち上がる。

回りながら俺がいた場所を横目で見ると、いつの間に背後に回りこんでいたのか俺の死角だった位置から矢のような速度で突っ込んでくる二羽目のカラスの姿があった。

危なかったと息をつく間も無く軌道を修正した三羽目のカラスが迫る。なんとか起き上がってはいるが、体勢を立て直したとは言いがたい現状では即座の回避も迎撃も出来ずに……激突。

中ほどでカラスの突撃を受けた杖はミシミシと嫌な音を出しつつも受けきった。

完全に速度を殺しきったカラスの足を左手で掴みそのまま地面へと勢いよく叩き付ける。

「ギャガ……」

起き上がるまもなく踏みにじって終了。残り一羽。

「カーーーー！」

他の仲間が全滅しているのになおも俺に向かってくるのは仲間を殺されたことに対する怒りからか。あるいは戦力差も分からないバカなのか。

まあどっちでもいい。そっちから向かってきてくれるのならば迎え撃つまでだ。

これで、残り、ゼロ羽。

◆◆◆

《スキル：杖がレベルアップしました》
《スキル：鑑定がレベルアップしました》
《スキル：ダッシュがレベルアップしました》
《スキル：回避がレベルアップしました》
《スキル：防御がレベルアップしました》

「もしもーし？　生きてるデスかー？」

辺りはまさに死《し》屍《し》累々《るいるい》。点々と黒い死体が転がり、近くの藪や枝にもところどころ引っかかっているような有様だ。

「わわっ！　すごいダメージデス！　早く治療するデース！」

そんな中一人へたり込んでいる俺へと近づいてくる人がいるのは何となく感じていたけれどＨＰ的にも精神的にも疲れ果てた俺はろくな反応も返せず頭がボーっとしている。

俺はもう疲れたよボーパル。なんだかとても眠いんだ……。

精神的な疲労で寝オチしかけ、スゥーっと魂が抜ける様に意識が飛ぶ……ぎりぎりで繋ぎとめられ、柔らかで暖かな感覚と共に引き戻された。

「あ、え？」

「おっ！　生き返ったデス！」

外部からの刺激を受けて急速にクリアになっていく視界でさっきのコスプレ少女？　が目の前に立っていた。というか俺の顔を覗き込み手をとって何か塗ってた。

「キミは――」

《プレイヤーがレベルアップしました。任意のステータスを上昇してください》

ええい邪魔だ！　とりあえず筋力で！

ユウ　サモナー
Lv4　↓　5
体力　12
筋力　10　↓　11
敏捷　13
器用　13
魔力　15
精神　15

スキル
杖Lv1　↓　2（NEW）　召喚魔法Lv2　火魔法Lv1　鑑定Lv4　↓　5
ダッシュLv1　↓　2（NEW）　回避Lv1　↓　2（NEW）　防御Lv1　↓
2（NEW）

《スキルポイントを二点獲得しました。SP　5　↓　7》

「？」

突然黙りこくった俺にこくりと可愛らしく首を傾げるコスプレ少女が不思議そうに俺の顔を伺っている。

「ん、ああ。ごめん。えーと……これは？」

何か話さねば！　とテンパった俺は掴まれたままの右腕を動かすことで腕に塗られているクリーム？　の事を聞いてしまう。

「これはデスね！　ヒールクリームっていう薬デス！　ポーションよりもすこーし使い勝手は悪いデスが、効果の高いエルの自信作なのデース！」

心配そうな表情から一転。上機嫌に薬の説明を始め、最後にはドヤ顔まで決めてくれました。

心配されるよりもこっちの方がいいよな。可愛い女の子には笑っていて欲しいものだしね。

そして実際ぬりぬりされた箇所から暖かいようなこそばゆいような不思議な感覚が全身へと広がっていき、ＨＰも程なく全回復した。本当に優秀な回復手段らしい。

……戦闘中にぬりぬりする暇があるかが問題だが。絶対に少し使い勝手が悪いって言うレベルじゃないよね？　ね？

《カラスの封印率が百パーセントになりました》
《カラスが封印完了しました》
《スキル：召喚魔法がレベルアップしました》

◆◆◆

【アイテム：素材】カラスの羽　レア度1
カラスの羽
矢羽や錬金術の素材として使われる

コスプレ少女と協力してカラスの死体を集め、カラスの封印と羽十一枚を回収した。

そして流れで一緒に街まで帰ることに。

「エルの名前はエルネスデス！　エルって呼んで欲しいデス！」

「お、おう。俺はユウ。よろしくなエル」

「イエース！　よろしくデース！」

命を助けたお返しに「キミの名前を教えて欲しい」とお願いした返事がこれである。

ハイタッチをせがむ様に杖を振り上げ。わははーと効果音が付きそうないい笑顔を返されました。

お、おう。元気な子だなぁ……まぁ、元気があるのは良いことだな。うん。

「そういえば、エルはどうして俺達が助けに入った時に逃げなかったんだ？」

「そ、それは……心配。だったのデス……」

はっ！　なんで戦闘力が無いのに戦場に残っていたのかと、ふと疑問に思い軽い気持ちで聞いたのだが、まさかこの心優しい少女は、自分の代わりに戦った俺達を心配して……。

「無事に街まで帰れるか本当に心配だったのデス……」

「あっ、そっち。心配ってそっちね」

俺のじゃなくて自分の心配かよ！

一人で森にいただけあって逞《たくま》しい子だよ。ホントに……。

◆◆◆

《スキル：杖がレベルアップしました》

《スキル：ダッシュがレベルアップしました》

《スキル：回避がレベルアップしました》

《スキル：防御がレベルアップしました》

「おっ？」

「？　どうかしたデスか？」

「いや、なんでもないよ」

夜の森をマップを見つつ踏破ナウ。

ホーホーいいながら降下してきたフクロウをカラスと同じ要領で打ち落としからの踏みつけで倒したら一気にスキルが上がった↑今ココ。

これはフクロウがめちゃくちゃ経験値うまい。って言うよりはカラス戦の経験値が持ち越されているのだろう。回避や防御なんてちょびっとしかしてないのにスキルレベル上がってるしな。

ちなみに夜の森をろくな明かりも持たずに強行軍をする。というちょっと頭おかしいんじゃないかと思える行動をしているが、周りの様子は結構見えている。

それはもう。木立で月明かりを遮られる森の中で夜闇に紛れる漆黒のカラスと格闘戦ができるぐらいには。

ここら辺はやっぱりゲームだよなぁ。

「んー、さっきから思ってたデスけど、ユウってサモナーデスよね？」

「おう。さっきのカラスとかフクロウも封印したし。ボーパル……ウサギの召喚獣も見ただろ？」

「それはそうデスけど。サモナーって後衛職デスよね？」

「…………一般的にはそうかもね」

「いやいや、サモナーは魔法職デスよ？　普通後衛職だと思うデス。杖持って殴りに行くサモナーなんて聞いたこと無いデス」

「……普通って何？　大多数と一緒ってこと？　それって何の意味があるの？　誰にも迷惑かけないなら、世間様のいうところの普通じゃないって選択に問題なんてないんじゃない？」

「んー、まぁ、そうデスね。エルもあんまり一般的じゃないことしてるデスし。ユウのおかげで助かったのもホントデース」

まぁそんな格好としゃべり方している人が普通なわけないわな。

◆◆◆

《スキル：杖がレベルアップしました》

《スキル：回避がレベルアップしました》
《スキル：防御がレベルアップしました》
《フクロウの封印率が百パーセントになりました》
《フクロウが封印完了しました》
《スキル：召喚魔法がレベルアップしました》

だーーー！　フクロウうぜぇーーーーー！

一羽か二羽ずつ来てくれるからなんとか対応できているが、にしてもエンカウント率高すぎんだろ。森から出るまでに封印完了しちまったよ。エルのヒールクリームが無かったらやばかったかもな。

「ふぃー。やっと森を抜けたデスね」

「だな。街まではもうちょっとあるけど」

といってもすでに街は見えているから安心感が違う。夜の草原に出てくるモンスターが分からんけどフクロウよりは弱いんじゃないかな？　だが、油断してはいけない。どこにどんな危険が――

「この時間帯に出るのはラットデス！　こっちから襲わないと襲ってこないデスから早く

街まで戻るデース！」

「あ、はい」

帰り道に危険は無いようです。はい。

◆◆◆

「ふぃー。今日は危ないところを助けてもらった上に街まで送ってもらってホントに助かったデス！　感謝、感謝デース！」

場所は変わって街の中。明日も学校だしそろそろログアウトしなきゃな。ボーパルもいないし、テンションもガタ落ちだもん。

「まあ、成り行き的なところもあるし、あんまり気にしなくていいよ」

レベルも上がったしな。ボーパルは死んじゃったけど。くそぅ……。

「んー、さすがにここまでしてもらってお礼もしないほど恩知らずじゃないデス。と言ってもお金は無いんデスが……。とりあえずこれをあげるデス！」

【アイテム：回復薬】ヒールクリーム　レア度1
体力を回復させる塗り薬

すっかり見慣れた塗り薬を五つ渡された。回復手段が無い現状ではありがたいな。

「おぉ。ありがとうな。本当に助かる」

「これでよければいくらでも作れるデス！　次からは御代を貰うデスけど」

「ですよねー」

「YES！　エルのアトリエの場所を教えますから、いつでも遊びに来てくれていいデスよ？　ではエルはそろそろ行くデス！　また会いましょーデース！　デスデスデース！」

「おう、またなー」

無邪気な笑顔でぶんぶん手を振りながらデスデス言ってるエルと別れる。

アトリエか〜。ちょっと気になるし近いうちに行ってみよう。そうしよう。

《Cクエスト『錬金少女との邂逅』を達成しました》

《スキルポイントを二点獲得しました。SP　7　→　9》

うし、クエストクリアでSPゲットっと。

とりま今日はこんなもんかな？　明日の予定はボーパルが復活するまで街の散策か、アトリエに遊びに行くか、ウサギ狩り。ボーパルが復活するのは夜だろうからラットを封印して召喚枠を一つ増やす。新しく召喚するのは～、明日考えればいっか。

それではおやすみなさい……。

◆◆◆

翌日。

まだまだＦＷＯを舐めてたわ……。

まさか……まさか、タクを含めたクラスの三分の一が欠席ってなんだよ！　みんなどんだけゲームしたいんだよ！俺もしたいよ！


今日が金曜だから今日学校来たら明日明後日と休みなのに一日が耐えられなかったのか……。

まぁ、俺も授業に一切身が入らず、終わり次第全速力で爆走して帰ったから人の事は言えんけど。

ちなみに翼も休んでた。ちくせう。

◆◆◆

急いで家に帰ってログインすると夜だった。

あれ？　おかしいな。昨日と同じ時間にログインしたはずなのにな……と思い、みると
ＦＷＯ内では一日が二十時間らしい。

昼が十時間で内一時間は夕暮れ。夜が十時間で内一時間が日の出。

で、リアル時間とは四時間ずつずれていっている。

つまり昨日は午後九時から夕暮れだったから今日は午後五時から夕暮れで六時からは夜時間。昼は午前四時からだ。三日で昼夜が完全に反転し六日で元に戻る。

面倒なことしてるとも思うけど、昼夜で出現モンスターが変わる以上夜にしかログインできない社会人とかにも考慮した結果なんだろうな。多分。

「……さて、そうなると予定が狂ってくるぞ……」

昨日考えていた予定を思い出してみる。

今日の予定一　街の散策。

プレイヤーの店はまだまだこれからだろうけどＮＰＣの店はもう閉まり始めるかもだし、やっぱり散策は明るいほうがいいよな。

予定二　アトリエに遊びに行く。

女の子の家に夜にアポ無しで遊びに行くとかないわ〜。出来れば遠慮したいね。

予定三　ボーパルと一緒にラット狩り&封印。

ボーパルの復活までまだ四時間半ほどあるんだよなぁ～。ぶっちゃけラットがウサギと同じ強さなら一人でも狩れると思うけど、ボーパルのレベル上げもしたいんだよ。

考えたんだが、カラス戦の経験値がボーパルに入らずに全部こっちにきてると思うんだよね。

つまりボーパルはまだレベル2だろうからサクサクレベル上げしたい。

ん～、でも他にやることも無いしボーパルが復活するまでの暇つぶしはラット狩りで決定だな。タクかシルフに引率してもらうのもありだけど、二人のパーティメンバーに迷惑をかけたくもないしな。

という訳で、続々とログインしてくるプレイヤーの流れに沿うように夜の街を進む。

……夜のってつくだけでなんかエロそうな気がする現象はとりあえず置いておいて、屋台でリンゴを一つ買い食いしてみた時に重大なことに気がついた。

「金が無い……」

タクたちと狩ったウサギの毛皮代はリンゴを二つも買えば底をつくほどしかない。手元にある売れそうなものはカラスの羽が十一枚のみ。サモナー以外なら倒したキャタピラーやらフクロウやらの素材もあるんだろうと思うとちょっとうらめしい。

いいもんねー！　俺にはボーパルがいるもんね！　どうだ！　うらやましいだろう！

……今はいないけどさ……。はぁ、早く会いたい……。

◆◆◆

「リアさん。こんばんわです」

「あらユウ君じゃない。いらっしゃい」

てな訳でリアさんの屋台にちょっと寄り道。

今のところお金を使う予定も無いから必要無いっちゃ無いんだけどさ。手元にお金が全然無いとなると、ねぇ？

さっきまでは全く気にしてなかったのに、意識したら突然不安になってきたんだよね。風邪かな？　と思って熱を測って熱があると分かった瞬間体調が悪くなってくるアレみたいなもんだ。違うか。

それにしても昨日と全く同じ所で全く同じように屋台をやっているリアさん。

ずっとここで店番していてレベル上げとかはどうしているのだろう？　気分転換にウサギ狩りとかに行ってるのかな？

「あぁ、それはね。他のプレイヤーとの売買でも経験値が入るのよ。あくまでもおまけみ

たいな物で、同じ人には一日に一回だけ。一度に入る量も少ないんだけど、塵《ちり》も積もれば
なんとやらってやつね」

「ほへー」

指を一本立てて、年に合わないウィンクをパチンと決めるリアさんについ、気の抜けた返事をしてしまった。

ちなみに「それなら俺でも楽に経験値が稼げるんじゃ……」という甘い考えはリアさんに苦笑と共に否定されてしまった。

アイテムの売買及び交換で経験値が入るのは生産者専用スキルの〝交易〟が必要らしいのだ。

では、交易を使わずに売買をしたらどうなるのか？　と、言うと商品にロスが発生するらしい。

品質が落ちたり、使用回数が減ったり、代金が減ったり……税金か！

他にも交易スキルを使えばその商品の適正価格が分かったりするらしいが、レベルが低いうちは結構ズレるらしくてなかなか当てにならないとかなんとか……。

あれ？　それじゃあタダでレン君に貰った俺のロッドはと言うと……耐久値がごっそり削れているらしい。マジか。ぶっ壊れない様に注意しないとな。

それはさておき、お楽しみの買取タイム。

カラスの羽の値段は……まぁ、毛皮二枚分くらいか？

そもそも使い捨ての矢の材料になる羽がそんなに高値で買い取られる訳がないし。今はフィールドに対するプレイヤーの比率が高い。

ドロップ品の種類も多くはないだろうし、弓使いにしか需要が無い矢の材料であるカラスの羽は在庫がダブついているらしく、さらに買取価格が落ち込んでいるそうだ。

コスパが悪い弓使いの絶対数が少ない事もあり、そもそもカラスの羽の買取をしないか、二束三文で買い叩くところもあるそうなのでキチンと買い取って貰えた分俺はツイていたらしい。リアさんには感謝、感謝です。

少しだけ懐《ふところ》が温かくなったところで、リアさんの屋台からはお暇して本来の予定であるラット狩りに行こう――

「ねぇ、ユウ君。ウサギの肉って持ってないかしら？」

「ウサギの……肉？」

――として、リアさんに呼び止められてしまった。

にしてもウサギの肉か、ウサギのドロップって毛皮じゃなかったっけ？

「本サービスからドロップの内容が変わったみたいなのよ。ウサギのドロップが追加されたのも本サービスからね」

よほど変な顔をしていたのかリアさんが説明してくれた。

まぁ、確かにタク達が持っているベータの情報が本サービスでもまったく同じとは限らんわな。

「それでそのウサギの肉なのだけれど、そのお肉で作ったシチューが絶品で、しかも料理のスキルの上昇率も高いみたいなのよ。これは一度作ってみるしかないでしょう？」

「へー。料理スキルか。リアさんは料理スキルを？」

「え、ええ。どうしてもお客さんが居ない時間はあるからね。レベル上げも兼ねて少しだけ……ね」

珍しくリアさんが照れたような顔をしている。

というのもこのＦＷＯにおいて料理スキルは完全にネタスキルであるかららしい。

そもそもＦＷＯには空腹度のパラメーターは存在しない。ゲーム中におなかが空いたりトイレに行きたくなったらそれはリアルの体がそうであるということであり、ＦＷＯ内で食事をしてもおなかは膨れない。食べた気にはなるけどな。ＦＷＯにおいて食事とは完全な嗜好品になっているのだ。

……ベータ版ではとか、現時点では、って注釈はつくけどな。

そんな訳でよりおいしい料理を作れるようになる料理スキルを、そうと知っていながらSPを消費して取得する人はあんまりいないらしい。まぁ、いないといっても召喚魔法に比べれば取得している人もたくさんいるし、SPに余裕が出てくれば取得する人も増えそうだが。

「そのウサギの肉だけど、ドロップ率はそんなに低くもないらしいのよね。でもウサギ自体がレベル3を超えた辺りからさっぱりエンカウントしなくなるし。見つけてもすごい速さで逃げられるのよ。初期組の知り合いはもう大半はレベル3を超えちゃったから新しく仕入れるのも難しくって……もし持っていたら譲って欲しかったんだけど……」

「あー、残念ながらウサギの肉は持ってないしレベルも3は超えてるけど……ボーパルがレベル2だし、近い内にもう一体召喚モンスターを増やす予定もあるからその二体に頼めばなんとかなる……かなぁ？」

レベル3の俺が近くに居たらダメかもだし、確証は無いけどね。

「ホント!?　もし手に入ったら相場よりも少し高めで買い取るわ。それにできたシチューもおすそ分けしちゃう」

「ははっ。それは頑張らないとですね～。まぁ頑張るのは俺じゃなくて召喚モンスター達だけど」

「そうねぇ。今一緒に居ない事にも何か意味があるんでしょ？　ボーパルちゃんにもあとでよろしく言っておいてもらえるかしら。今度来た時は何かサービスするから」

「分かった、後で伝えておくわ～」

ボーパルの再召喚まで残り三時間ちょい。

それじゃあ、いっちょラットの封印といきますか。

◆◆◆

何度も繰り返し思ってきたことだが俺はまだまだＦＷＯを甘く見ていたようだ……。

ラットのエンカウント率はそれほど低くない。

むしろウサギに比べれば逃げも隠れもしない分高いぐらいだ。

実際街から離れてぐるりと見渡せば四、五匹は視界に入る。でもその悉くが他のプレイヤーと交戦中で、余っているラットが居ないどころかプレイヤーが有り余っているまである状況だ。

時間帯的にプレイヤーが多いのもそうだが、昼間は森やら山やらに行っていたプレイヤーが草原に集まってるのだろう。

まぁ、普通の神経なら夜闇の中森や山に突撃するのは躊躇《ためら》うわな。

俺としても一人でここ以外で狩りをするのは……やってないから分からないが、無駄なリスクは負いたくないしボーパルが復活してからでもいいだろう。

どの道ラットは封印しなきゃだしな。気合入れていきますか！

◆◆◆

《ラットの封印率が百パーセントになりました》
《ラットが封印完了しました》
《スキル：召喚魔法がレベルアップしました》
《封印完了モンスターが五体になりました》
《召喚可能モンスター枠が一つ増えました》
《スキル：火魔法がレベルアップしました》

三時間後。
……あれれー？　おかしーぞー？
どうしてもうボーパルが召喚できるんだー？　一匹での封印率は二十パーセントだから
たった五匹で封印完了なのにー。

ええ。分かってます。分かってますよ。全て俺の見通しの甘さが原因です。はい。

せめて飯を食いにログアウトしたときに一旦落ち着いて非効率さに気付けば良かったんだが……その時点でもう四匹封印していたからあと一匹。一匹だけだからと、そこから二時間粘るはめに。どうしてこうなった……。

なにはともあれボーパルを召喚しよっと。

「きゅい！」

ふわふわモコモコつぶらな赤いお目々がキュートなボーパルちゃんと一日ぶりの再会！

全力でじゃれあってしまうのも致し方なしだよなぁ！

◆◆◆

——人目も気にせずボーパルと戯《たわむ》れていますしばらくお待ちください——

◆◆◆

ふぅ……。満足した。

しばらく不足していたボーパル成分をたっぷり補給し、心なし肌艶がよくなったところで本日のメインイベント。二匹目のモンスター召喚をしますか。

実は召喚するモンスターはもう決まっていたりするんだよね。てなわけで悩みもせずにさくっといってみよう！　やってみよう！

『サモン・モンスター』

『サモン・フクロウ』

新たに召喚したのはフクロウだ。

理由は単純。封印してあるモンスターの中で一番かわいいから。というか他のはちょっと……。イモムシかカラスかネズミだし……。

それに見た目だけじゃなくってパーティに飛行戦力が加わるのは大いにメリットがあるしな。また索敵能力が上がりそうだしフクロウなら夜間飛行もいけるだろう。索敵能力の重要性はこの三時間でイヤというほど身にしみたもん。索敵ちょー大事。

ミズキ　フクロウ
Lv1
体力　10

筋力　10
敏捷　14
器用　10
魔力　6
精神　5

スキル
飛行　奇襲　索敵　夜目

フクロウ
森や草原、山などに生息する猛禽類《もうきんるい》
夜目が利き羽撃《はばた》きの音も小さい夜闇の暗殺者
高高度からの突撃や闇に紛れた奇襲。牽制《けんせい》などを得意とし、嘴《くちばし》や爪で敵を攻撃する

フクロウ→ミミズク→ミズク→ミズキ。
という連想ゲームで名前はミズキに決定。適当なわりにはいい名前になったと思う。よ

ろしくなミズキ！

「ホ～？」

「きゅい？」

そのミズキは今地面に降り立ちボーパルと向き合って首を傾げあってお互いを見ている。

新しい仲間ですよ～。仲良くしてね？

さて、さっそくミズキのレベル上げをしたいところだが……ラット狩りは正直勘弁願いたい。効率も果てしなく悪いしな。だからといってレベル2のボーパルとレベル1のミズキをお供に夜に遠出は避けたい。

それぐらいなら朝になるまで待ってウサギ狩りをしようかなぁ。現時刻はもうちょっとで十一時になるかってところ。朝になるのが四時だからそれまで寝るか。明日から休みだし一日中ゲーム三昧できるしな。

てなわけで今日は落ちます。さよなら。さよなら。さよなら。

第三章　うさぎさんとセットスキル

おはようございます。現場のユウです。

気持ちのいい朝ですね。昨夜の喧騒がうその様に静かな草原です。

陽も出て明るくなり、リアルで早朝という時間もあいまって街周辺の草原には一つも動く影がない。そう。ウサギの影さえも無い。

まぁ、予想はできてたけどね。ウサギはレベル3以上からはこちらを発見しだい逃げるらしいし、ウサギの索敵能力の高さはボーパルを見れば分かるわけで……。

つまり何が言いたいかと言うと。

「ボーパル！　ミズキ！　目標ウサギ！　サーチ＆デストロイだ！　殲滅《せんめつ》してこい！」

「きゅい！」

「ホー！」

ボーパルが矢の様にカッとんで行きミズキも一気に高度を上げ滑空して飛んでいく。

索敵＆戦闘は全部召喚モンスターに任して俺は剥ぎ取り専門要員で行きますかね。

ひ、ヒモじゃねーし！　ご主人様だもん！　一番偉いんだからね!!

◆◆◆

《召喚モンスター：ボーパルがレベルアップしました。任意のステータスを上昇してください》
《スキル：ダッシュがレベルアップしました》
《召喚モンスター：ミズキがレベルアップしました。任意のステータスを上昇してください》
《スキル：火魔法がレベルアップしました》
《召喚モンスター：ミズキがレベルアップしました。任意のステータスを上昇してください》
《プレイヤーがレベルアップしました。任意のステータスを上昇してください》
《スキル：ダッシュがレベルアップしました》
《スキル：火魔法がレベルアップしました》

ユウ　サモナー

Lv5 → 6
体力 12
筋力 11 → 12
敏捷 13
器用 13
魔力 15
精神 15

スキル
杖Lv2 → 4 召喚魔法Lv2 → 5 火魔法Lv1 → 3 鑑定Lv5 ダッシュLv2 → 5 回避Lv2 → 4 防御Lv2 → 4

《スキルポイントを二点獲得しました。SP 9 → 11》

ボーパル ウサギ
Lv2 → 3

体力　10
筋力　8
敏捷　15→16
器用　12
魔力　4
精神　7

スキル
索敵　気配察知　跳躍　ダッシュ（NEW）

ミズキ　フクロウ
Lv1→3
体力　10
筋力　10
敏捷　14→16
器用　10

魔力　6
精神　5

スキル
飛行　奇襲　索敵　夜目　高速飛行（ＮＥＷ）

昨日の狩りは何だったんだというぐらい順調だな。

そもそもレベル3以上の人は旨みの少ない草原には来ないので狩場はほぼ独占状態。

二羽ともレベルが上がって野生のウサギよりも素早くなった上に、ウサギと同等の索敵能力を持つボーパルと、高空から索敵、突撃をしてくるミズキ相手じゃあウサギも逃げようが無いって。

唯一問題があるとすれば二人の殲滅が早すぎる所為で剥ぎ取りが全然追いつかないことぐらいだな。

ボーパル達にはウサギを仕留めたら俺を呼ぶように言ってあるんだが（召喚モンスターがどこら辺にいるのかはマップに出る）常にどっちか、あるいは両方から呼ばれ続けている状況なのだ。おかげでゆったりボーパルたちの狩りを見守るどころか、西へ走ってはウサギを剥ぎ、東へ走ってはウサギを剥ぎの繰り返しでダッシュのレベルがメキメキ上がっている。

ちなみにサラッとレベルが上がっている火魔法だが、移動時間中持て余しているMPを消費するためにファイヤーボールを空打ちした結果です。MP使うことないしな。一応放火魔《あかねこ》にはならないように空に打ち上げてるからもーまんたい。スキルのレベル上げの為だけに辺りを焼け野原にするつもりは俺にもないからな。

「きゅい！」

現状の確認をしているとボーパルの元へと辿り着いた。ボーパルの足元にはもはや見慣れた目がバッテンになってるウサギの姿が。

ウサギの前でフフンと勝ち誇っているボーパルほほえまー。

それじゃあお楽しみの剥ぎ取りタイム。ほとんどのドロップは毛皮なんだが二十回に一回ぐらいの確率でウサギの肉が出るんだよね～。今持ってるのは三つだから、もっと欲しいところだ。肉出ろ～。肉出ろぉ～！

「きゅい～」

ウサギに剥ぎ取りナイフを突き立ててるとウサギの姿は消え、白い毛皮が残った。

あ～あ、残念。ウサギの毛皮か。毛皮はもう鑑定し飽きたため鑑定もせずに毛皮を手に取る。

……ん？　なんかこの毛皮他のよりちょっと大きくね？　手触りも滑らかな感じだしな。普通のウサギの毛皮は一枚布みたいなのに、この毛皮には二つ突起のようなものが付いている。

これじゃあ毛皮と言うよりまるで……。

◆◆◆　タクム　◆◆◆

「うし、そこの休憩地点でちょっと休憩にするぞー」

「あーい」

「あー疲れた」

「ゲーム内の登山で疲れたも何もないだろう？」

「そりゃ肉体的にはそうだけど精神的にくるものがあるんだよ」

始まりの街の北。山エリアの登山道の途中にある少し開けた平らな場所で休憩を取る事にする。

陽が昇る前から登山を始めてやっと半分ほど登り終えたぐらいか。予定よりもちょっと遅れてるが、大体想定内だな。

ここまではまばらに木が生えていたりもしたが、この上は岩ばかりで足場もさらに悪くなってくる。だが鉄鉱石なんかがちょこちょこ転がってたりするしモンスターのレベルも上がってきてレベル上げにもちょうどいいんだよ。

そして何より……。

「んで、タク。ここの山頂にボスモンスターが居るってのは確かなのか？」

「あぁ。少なくともベータではこの山の頂上にストーンゴーレムっつうボスがいたのは間違いない。ベータだとストーンゴーレムを倒しても鉄鉱石を大量に落とすだけで直ぐ後ろのエリア境界は越えられなかったんだが、本サービスからはその先にも行けるかもしれん。ぶっちゃけ今いけるマップはベータで行ったとこばっかだしな。早く次へ行きたいぜ」

「ベータ組乙。私は本サービス組だから全部が新鮮で楽しい。つまり本サービス組は勝ち組。ＱＥＤ証明完了」

「はいはい。それでタク、ストーンゴーレムってのは強いのか？」

「デカイ、硬い、遅い。っつうある意味分かりやすいボスだな。一発貰うとやばいから当たらなければどうということはないを地でやるしかないな。交代で前衛をやりつつ、後ろからチクチクやって倒すぞ。パターンが少ないから慣れれば余裕でかわせるようになるし、全滅する事はまずないだろうな」

「へー」

気のない返事を返し他のパーティメンバーと雑談に入る。いや、お前が聞いてきたんだからもっと興味持てよ。

《プレイヤー：ユウからフレンドコールされています。応答しますか　Y／N》

「おっ？　ユウからコール？　珍しいな」

というか初めてだ。リアルでも基本L〇NEだけだしな。

「もしもし？　ユウか？　お前から連絡してくるなんて珍し」

『タク！　ドロップでウサギのなんか出たんだけど頭巾がウサミミ⁉』

「え？　ウサギのドロップでなんかウサミミの頭巾が出たって？」

『（コクコク）』

通信の向こう側でうなずく気配が返ってくる。いや通話なんだから喋れよ。俺かシルフにしか伝わらんからなそれ。

「そいつは多分うさぎさんずきんだな。本サービスから追加されたらしいウサギのレアドロップでセット装備だ。鑑定結果にセット効果ってのがあるだろ？」

『……あったけど効果がなしになってるぞ？』

「そりゃあセット効果なんだからセットを揃えないと効果はないぞ」

『つまりうさぎさんシリーズの装備が他にもあると⁉』

「んー他のうさぎさん装備を見たって話は聞かないが、セット装備である以上はあるんじゃないか？　俺は見たことないけど。っと、それよりお前まだウサギなんかと戦ってるのか？　今は山登り中だから無理だけど後でレベル上げを手伝ってやろうか？」

《フレンドコールが切断されました》

「あいつ切りやがった」

まぁ、プレイの仕方は人それぞれ。ウサギと戯れる（虐殺《ぎゃくさつ》）のを楽しんでいても断然いいと思うしな。

俺は適正レベル以上の相手にギリギリの勝負を挑むのが好きだが、安全マージンを取りまくる奴の気持ちも分からないではない。

「隊長？　フレンドコールっすか？」

「ああ。リア友だな」

「はっ！　まさか彼女っすか⁉」

「ちげーよ、男友達だ」

「彼女……男……はっ！　ぐふふ」

「おいリカてめぇ何を考えてやがる」

「ナニってそりゃ、もちろん」

「いや待て言うな！　聞きたくない！」

火力特化の水メイジとしてはかなり優秀なんだけど、これが無ければなぁ……。

「はいはい集合！　そろそろ行くぞー！」

「うーい」

どっこいしょと立ち上がるパーティメンバー達。

さて、陽が昇っているうちにボスを倒せればいいんだが……。

◆◆◆　タクム　終　◆◆◆

《召喚モンスター：ボーパルがレベルアップしました。任意のステータスを上昇してください》
《召喚モンスター：ミズキがレベルアップしました。任意のステータスを上昇してください》

《召喚モンスター：ボーパルがレベルアップしました。任意のステータスを上昇してください》
《召喚モンスター：ミズキがレベルアップしました。任意のステータスを上昇してください》
《スキル：ダッシュがレベルアップしました》
《スキル：火魔法がレベルアップしました》

《召喚モンスター：ボーパルがレベルアップしました。任意のステータスを上昇してください》
《召喚モンスター：ミズキがレベルアップしました。任意のステータスを上昇してください》
《プレイヤーがレベルアップしました。任意のステータスを上昇してください》

《召喚モンスター：ボーパルがレベルアップしました。任意のステータスを上昇してください》
《召喚モンスター：ミズキがレベルアップしました。任意のステータスを上昇してください》
《スキル：火魔法がレベルアップしました》
《火呪文：ファイアーウォールを習得しました》
《召喚モンスター：ボーパルがレベルアップしました。任意のステータスを上昇してください》
《召喚モンスター：ミズキがレベルアップしました。任意のステータスを上昇してください》

《プレイヤーがレベルアップしました。任意のステータスを上昇してください》
《スキル：ダッシュがレベルアップしました》

ユウ　サモナー
Ｌｖ６　→　８
体力　12　→　13
筋力　12　→　13
敏捷　13
器用　13
魔力　15
精神　15

スキル
杖Ｌｖ４　召喚魔法Ｌｖ５　火魔法Ｌｖ３　→　５　鑑定Ｌｖ５　ダッシュＬｖ５　→
７　回避Ｌｖ４　防御Ｌｖ４

《スキルポイントを二点獲得しました。SP 11 ↓ 13》
《スキルポイントを二点獲得しました。SP 13 ↓ 15》

ボーパル　ウサギ
Lv3 ↓ 8
体力 10
筋力 8 ↓ 11
敏捷 16 ↓ 18
器用 12
魔力 4
精神 7

スキル
索敵　気配察知　跳躍　ダッシュ

ミズキ　フクロウ

LV3 → 8
体力 10 → 12
筋力 10 → 12
敏捷 16 → 17
器用 10
魔力 6
精神 5

スキル
飛行　奇襲　索敵　夜目　高速飛行

そろった……そろったどーーーーーーーーー!!

時刻は午後二時過ぎ。すでに辺りは暗くなり出現するモンスターはウサギからラットへと切り替わっている。結構ぎりぎりだったが日を跨《また》がなくて良かった。

さて、とさっそく装備しようと言いたい所だがまずは戦利品を並べて鑑賞しようか。

「むふふ……ボーパル達は露払いよろしく!」

「きゅい！」

「ホー！」

バビュンと弾丸の様にかっとんで行くボーパル達。なんか露払い（殲滅）みたいになったけど邪魔が入らないのならば問題ない。

さっそくストレージからうさぎさん装備一式を取り出して並べてみる。

【防具：頭】うさぎさんずきん　レア度2
防御力＋15　重量1　耐久値３００
ウサギの毛皮を使って作られた頭巾
ウサギのミミを模した飾りがついており装備者にウサギの様な素早さを与える。
【効果】
敏捷補正：中
セット効果：なし

ふわふわの毛皮でできた頭巾からぴょこんと生える二つのウサミミと、正面についている赤い小さなおめめと口の模様がなんともプリチーなこのうさぎさんずきんだが、その真価は装備して初めて発揮される。

最初に見つけた時嬉しくてちょっと被ってみたんだが、なんとこの帽子……耳が動くのだ！

くやしいのは耳が動いているところを自分で見れないことだが……今度絶対鏡を買おう。そうしよう。

【防具：手】うさぎさんてぶくろ　レア度2
防御力＋10　重量0　耐久値200
ウサギの毛皮を使って作られた手袋
手の甲にウサギの飾りがついており装備者にウサギの様な器用さを与える。
【効果】
器用補正：中
セット効果：なし

手の甲に小さいウサギの顔のぬいぐるみがついたような手袋。ふわふわもこもこであったかそうだけど武器がすっぽ抜けないか心配なんだが、そこはゲームだからか大丈夫みたいだな。

どこぞの未来の猫型ロボットの様に杖が手にピッタリとくっ付いてる。しかも離そうとすれば離せるとかちょー便利。ハイテクだわ～。

【防具：足】うさぎさんぶーつ　レア度3
防御力＋10　重量1　耐久値２００
ウサギの毛皮を使って作られた靴＆ニーソックス
靴とニーソックスの上辺りにウサギの飾りがついており装備者にウサギの様な素早さを与える。
【効果】
敏捷補正：中
セット効果：なし

膝上までのニーソである。しましまニーソである。これの製作者は分かっている。

また靴自体もウサギの形をしており正面からみたらウサギに見える。なんか昔こんなスリッパをどこかで見たような気がする。そんなデザインだな。

【防具：服】うさぎさんわんぴーす　レア度？
防御力＋50　重量1　耐久値500
ウサギの毛皮を使って作られたワンピース
腰にウサギの飾りがついており装備者にウサギの様な素早さを与える。
【効果】
敏捷補正：大
セット効果：なし

ウサギの毛皮を使ったワンピースだな。袖は肘までで裾《すそ》は膝からよりも股下からの方が近い感じ。

胸に大きなウサギのアップリケがついており大変可愛らしい。

……うん分かってる。うさぎさんぷーつの時点で分かってた。

これ、女物だよ⁉　めっちゃ女物だよ⁉

でも装備しちゃう。リアルで着る勇気は無いけどゲームならそこまで抵抗感もないしね。

リアルじゃないからはずかしくないもん！

かわいいは絶対不変の正義だ！

◆◆◆

《セット装備が揃いました。セット効果が解禁されます》

全身真っ白。ふわふわうさぎさんセット着装！

むふふ～。敏捷補正が山のように付いてるからか体が軽い軽い。今ならボーパルみたいに二、三メートルぐらい垂直跳びできそうな気さえする。

それはさておき、開放されたセット効果を確認しますか。

たぶん敏捷補正の重ねがけとかだと思うけど。あるいは器用値かな。器用値って何に関係しているのか未だに良く分かんないんだよねー。

うさぎさんずきん　セット効果：セットスキル：索敵
うさぎさんてぶくろ　セット効果：器用補正：中
うさぎさんぶーつ　セット効果：セットスキル：跳躍
うさぎさんわんぴーす　セット効果：敏捷補正：中

……なんだこれ。もう一度言おう。なんだこれ。

器用補正と敏捷補正、お前達はいい。妥当なセット効果だと思う。だがセットスキル。お前はダメだ。

これってつまりはうさぎさんセットを装備している間、索敵と跳躍のスキルを所持していないのに使えるって事だろ？

まぁ、この二つは普通にスキル一覧にあるしSPを4も消費すれば簡単に手に入るけど……あれ？　それほどおかしくはないか？

いやいや、たかが4ポイント。されど4ポイントだ。

跳躍は良く分からんけど索敵の大切さはよくよく身にしみているからポイント消費無しで覚えれたのはありがたい。

ボーパル達を殺すつもりは一切無いが、もしも別行動をとってもこれである程度は戦えるだろう。戦闘回数的に。

さて、さすがに疲れてきたので一旦街へと帰ろうかな。

俺自身は一回も戦闘をしていないが、右へ左へ走り続けるだけでかなり疲れた。

リアさんに渡すようのウサギの肉も確保したしな。ウサギは剥ぎ取ったら何かしらのア

イテムを落とすおかげで毛皮の数も大変な事になっている。

懐に入ってくるであろうお金とリアさんの驚く顔を思い浮かべて頬を緩ませつつ、ボーパル達とスキップしながら、鼻歌なんて歌いつつ街へと戻った。

◆◆◆

ぴょこたん。ぴょこたん。ぴょんぴょんぴょん。ホー。

ざわっ。

ぴょこたん。ぴょこたん♪　ぴょんぴょんぴょん。ホー、ホー。

ざわっ、ざわっ。

「あっ、リアさんこんばんわですぅ～」

「え、ええ。こんばんわ……えーと、ユウ君？　その格好どうしたの？」

「えへへ～。いいでしょ～？　ウサギのレアドロップで出たんですよ！」

「きゅい！」

ざわわっ。

「うん。ユウ君がいいなら別にいいのだけれど……それで私の所に来たのって、もしかして？」

「ほいっ。リアさんに頼まれていたウサギの肉です！」

ドサドサ。

ざわわわっ！

「……えーと、これはいくつあるのかしら？」

「んー、確か三十七個だった……はず？」

ざわわわわっ!!

「そ、そう……。これを、全部、買い取れば、いいの、かしら？」

「あっ、それとこれもお願いします」

ドサドサドサドサドサドサ!!

ざわわわわわわわわわわ!?

屋台の横に山と積まれる毛皮。うるさい外野。痛そうに頭を押さえるリアさん。

あー、流石にちょっと数が多かったかな？

「こっちは、いくつあるのかしら……？」

「んー、百五十はあったかな？」

ざわわわわわわわわわわわ!?

「えーと、その、ごめんなさいね？　流石にこれだけ数があると……全部買い取ったら手持ちが心もとなくなりそうだわ。ユウ君がいいなら支払いは明日の今の時間でもいいかしら？　約束のシチューもそれまでに作っておくから」

「ええ、別に今すぐ買いたいものも無いので大丈夫ですよ～。ではでは！　シチュー楽しみにしてますね♪」

「きゅい！」

「ホー！」

ウサギの毛皮と肉をリアさんに預けて、引換券を貰った。引換券というか誓約書みたいなものだな。明日のこの時間までにいくら払いますって感じのやつ。

こういうのなんていうんだっけ？　信用売り？　オオカミと行商人のお話で似たようなのあったよね。

あれを参考にするならほぼ初対面の人を信じるのは問題かもしれないけど、タクの紹介だし他の人は知らないしな。それにリアさん有名人っぽいから信用を失墜させるようなことはしないでしょ。たぶん。

さてさて、商談も無事に終わったし、もう一回門を目指して再出発だ！

次はどこに行こっかな♪　今は何と戦っても負ける気がしないし夜の森でも探索しようか？　もう何も怖くない！　ってね。それともまだ行ってない方角にでも足を伸ばしてみようかな～。確か南には海があるって話だし、ちょっと見てみたいんだよね。ゲームのグラフィックの綺麗さは水を見れば分かるって言うしね。まぁ、水なら噴水でもう見てるんだけど。感想を言うならリアルと大差ない感じだね。もうちょっと幻想的な感じでもいいのよ？

……にしても今日はいつにもまして周りが賑やかだな。何かお祭りみたいでちょっと楽しい。うるさいのはあんまり好きじゃないんだが、たまにならいいよな。

「……あー、あのねユウ君。言おうかどうか迷ってたんだけどね……あなた、掲示板で話題になってるわよ」

「え？」

緩む頬もそのままに上機嫌のまま鼻歌の新曲を作曲しつつ、背を向けた俺をリアさんが呼び止めた。

……で？　掲示板ってなんぞや？　どうぶつが住んでいる森の駅とか役場の隣に置いてあって、イベント情報とか特売情報が更新されてるとどこからともなく小鳥が飛んでくるあれかな？

とか思ってるとリアさんからメールが飛んできた。中身はＵＲＬだったけど……開けばいいのかな？　どれどれ……。

◆◆◆

始まりの街にバニーガール出現!?　Part1

1：名無しのゲーマー
あ……ありのまま今起こった事を話すぜ！
「俺はパーティメンバーと狩りを終えて始まりの街に帰ってきたんだ
そしたら南門からバニーガールが歩いてきたんだ」
何を言ってるのか分からないと思うが（ry

2：名無しのゲーマー
ガタッ

3：名無しのゲーマー
ガタッ

4：名無しのゲーマー
ガタッ

5：名無しのゲーマー

SSはよ！
6：名無しのゲーマー
ガタッ
7：名無しのゲーマー
はよ！
8：名無しのゲーマー
はよ！
9：名無しのゲーマー
ほい
【画像】
10：名無しのゲーマー
!?
11：名無しのゲーマー
!?
12：名無しのゲーマー
!?

13：名無しのゲーマー
バニーガールって言うか……うさぎ少女じゃねーか！

14：名無しのゲーマー
だがそれがいい
むしろそれがいい

15：名無しのゲーマー
おまわりさんコイツです！

16：名無しのゲーマー
特定班……いや、鑑定班はよ！

17：名無しのゲーマー
鑑定しますた

18：名無しのゲーマー
覗き魔乙

19：名無しのゲーマー
だがＧＪ

場所　始まりの街　南門

プレイヤー名：ユウ
サモナー
召喚モンスター
ウサギ：ボーパル
フクロウ：ミズキ
20：名無しのゲーマー
鑑定早すぎワロタ
21：名無しのゲーマー
晒しに迷いがない
さてはプロか！
22：名無しのゲーマー
19の続き
【防具：頭】うさぎさんずきん　レア度2
【防具：手】うさぎさんてぶくろ　レア度2
【防具：足】うさぎさんぶーつ　レア度3
【防具：服】うさぎさんわんぴーす　レア度？

23：名無しのゲーマー
乙

24：名無しのゲーマー
装備のステータスを晒さない程度の常識はあったか

25：名無しのゲーマー
プレイヤー名晒している時点で常識はないかと

26：名無しのゲーマー
どうでもいいから実況はよ！

27：名無しのゲーマー
あっ
ピョンピョン跳ねながら歩いてる
かわえぇ～

28：名無しのゲーマー
なんだと!?

29：名無しのゲーマー
見たい！　動くバニーちゃんが見たい！

30：名無しのゲーマー
召喚モンスターも一緒に跳ねてるね
ギザかわゆす！
31：名無しのゲーマー
動画はよ！
32：名無しのゲーマー
はよ！
33：名無しのゲーマー
まだ動画機能は実装されてないんだよなぁ
見たきゃリアルで来い
34：名無しのゲーマー
くっ、何故俺は休日に会社にいるんだ⁉
35：名無しのゲーマー
くっ、何故俺は休日に出かけているんだ⁉
36：名無しのゲーマー
つまり今ログインしているニートの俺勝ち組

くっ、何故俺は砂漠にいるんだ!?
37：名無しのゲーマー
迷ったからだろ
部屋から出ないからゲームでも方向感覚狂うんだよ
ところで、ここはドコ？　私はダレ？
38：名無しのゲーマー
合流しますた
ウサギたんかわええ〜
39：名無しのゲーマー
ひどいブーメランを見た
人生にすら迷ってんじゃねえかw
というか34はここに居ずに仕事しろ！
40：名無しのゲーマー
ログインしますた
ウサたんどこ!?
41：名無しのゲーマー

南門近くの商店通り
人垣出来てるからすぐ見つけられると思われ
42：名無しのゲーマー
あ、止まった
赤い屋根の屋台
43：名無しのゲーマー
商店通り、人垣、赤い屋根
おk、急行する
44：名無しのゲーマー
!?
45：名無しのゲーマー
!?
46：名無しのゲーマー
!?
47：名無しのゲーマー
!?

48：名無しのゲーマー
!? 何があった現場班！　実況はよ！

49：名無しのゲーマー
ウサたんがウサギの肉を売っていたんだ

50：名無しのゲーマー
？

51：名無しのゲーマー
ウサギの肉はレアだが出ないって程ではないはずだろ？
別にウサたんが売っててもおかしくはなくね？

52：名無しのゲーマー
三十七個だ……

53：名無しのゲーマー
!?

54：名無しのゲーマー
ウサギの肉を三十七個売ってる

55：名無しのゲーマー

三十七個……だとぉ……!?

56：名無しのゲーマー
えっと。ちょっと待って！　ウサギの肉のドロップ率って何パーセントだ!?　たしか二桁はいってなかったはずだぞ!?

57：名無しのゲーマー
一体何羽のウサギを狩ったんだ……

58：名無しのゲーマー
あー、たぶんだが、ウサギを狩りまくる事があのセット装備の入手方法なんだろうなぁ……

59：名無しのゲーマー
!?

60：名無しのゲーマー
ファッ!?

61：名無しのゲーマー
!?

62：名無しのゲーマー

何だ何だ、今度はどうした!?
63：名無しのゲーマー
誰か実況を！
64：名無しのゲーマー
プリーズ！　情報プリーズ！
65：名無しのゲーマー
ウサたんが……ウサギの毛皮を売ったんだ……
66：名無しのゲーマー
ごくり……
67：名無しのゲーマー
それは……いくつ……？
68：名無しのゲーマー
百五十以上はあるそうだ……
69：名無しのゲーマー
ブファッ!?
70：名無しのゲーマー

百五十以上って……肉になった分も合わせればどんだけ狩ったんだよ……

71：名無しのゲーマー
既にウサギ界では魔王クラスだな。
助けて勇者様！

72：名無しのゲーマー
肉も合わせたら二百近い数を狩っているって事だろ？
俺もうさたんセット欲しかったけど、流石にその数は無理かなぁ……

73：名無しのゲーマー
おま、揃えた所でどうするんだよ。自分で着るのか？

74：名無しのゲーマー
そりゃ勿論女の子に着て貰うに決まってんだろ

75：名無しのゲーマー
え？
着てくれる女の子いるのか？

76：名無しのゲーマー
……

77：名無しのゲーマー
おまっ、
なんてむごいことを……
78：名無しのゲーマー
やめたげてよう！
やめたげてようぅ……
79：名無しのゲーマー
察してあげて！
80：名無しのゲーマー
あっ、
ごめん
ごめんなさい
ホントごめんなさい
81：名無しのゲーマー
いやいいいんだ
ハハッ

俺ウサギさんセット集めたら彼女作るんだ……

82：名無しのゲーマー
はちじゅういちぃぃぃぃぃぃぃぃぃぃ

83：名無しのゲーマー
やめろ逝くな戻って来い！

84：名無しのゲーマー
まぁ待て落着け
ここは発想を逆転させ……チェス盤をひっくり返すんだ！

85：名無しのゲーマー
どういうことだってばよ

86：名無しのゲーマー
自分で集めても受け取ってくれる人が居ないのならば……
情報だけ拡散しておにゃのこ達に自分で集めて貰えばいいじゃない！

87：名無しのゲーマー
!?

88：名無しのゲーマー

おにゃのこ達は可愛い装備が手に入ってハッピー
俺達はかわいいおにゃのこが見れてハッピー
これぞまさにｗｉｎ－ｗｉｎの関係
だれも傷つかない世界の完成だ！

89：名無しのゲーマー
なん……だと……!?

90：名無しのゲーマー
クズだ！　クズがいるぞ！

91：名無しのゲーマー
だがそれがいい！　むしろいい！

92：名無しのゲーマー
神だ！

93：名無しのゲーマー
神が降臨なさったぞ！
神力顕現！

94：名無しのゲーマー

知らしめようか！　ディバインウェポンの恐怖を！

95：名無しのゲーマー
あぁ、またなんの罪も無いウサギさんが犠牲に……

96：名無しのゲーマー
そういうあなたも行くんでしょ？

97：名無しのゲーマー
まぁーね！

98：名無しのゲーマー
となれば作戦を立てる必要があるか…
全プレイヤーが無秩序に散らばっても効率悪いしな

99：名無しのゲーマー
そうか。頑張れ。俺達はウサたんの観察を続けるぜ！

99：名無しのゲーマー
やっぱり俺もそっちがいい！　ウサたんカワイイヤッター！

◆◆◆

そこら辺で読むのに疲れてグリンと後ろを振り向く。

さっと目を逸らすのが数名。キラキラと目を輝かすのがたくさん。ギラギラと目を濁らすのがいっぱい。

とりあえず最後の奴らはギルティーだな。

「はぁ……」

さっきまでは気にもしていなかったが、ちょこちょことウサたんという単語が耳に入ってくる。なんだよウサたんって……。

「まぁねぇ。あなたの容姿で事前情報の無いセット装備を着て街を歩いてたらこうなるとは思うわよ？　入手方法の想像は容易だからすぐに収まるとは思うけど……」

「俺これから夜の狩りに行こうと思ってたんですけど……」

「確実にみんな付いてくるでしょうね。それも人数を増やして。今はプレイヤーのいないフィールドの方が珍しいぐらいだから……」

オレっ娘……だと⁉　だがそれがいい！

とか言う声がうっとうしい。

うーん。俺が一人で行けるようなところだとこの連中も付いてきちゃうし、かといって夜の森奥や山とかに行くのもなー。落着くまでログアウトするのがいいんだろうけど、負けたみたいで悔しいからヤダ。

「おっ、ユウ見っけ。くふっ、掲示板見たけど本物だと更にすごい格好だな。うさぎさんセットはそれで揃ったのか？」

「戦力確保!!」

「きゅい！」

「ホー！」

「うおっ!?　何だ!?」

人垣を掻き分け俺に話しかけてきた見覚えのあるにやけ顔を、服に潜り込んで遊んでいたボーパルと旋回飛行していたミズキに確保してもらう。一人で行けないのならば人数を増やせばいいじゃない！　もう何も怖くない！　だって一人じゃないもの！

「隊長早いっすよ～。お、その人が隊長のリア友の……やっぱり女の子じゃないっすか！」

「いや、コイツはこんななりでも男だぞ？」

ざわっ（驚愕）

「おとこ？　ああ、そういう設定っすね！　りょーかいっす！」

ざわぁ……（納得）

「設定というか……いいのかユウ？」

「ああ……もう、慣れたよ……」

慣れたというか、諦めたというか……この格好してる時点で俺の性別を見抜くのは無理だろうな。出来たら女神様だわ。崇め称える自信があるね！

「そうか……まぁ、なんだ。強く生きろよ」

「……ありがとな」

なんか同情されたけど俺は今日も元気です。

「な〜んだ。女の子だったのね……タク×ユウを期待してたのに。残念だわ〜」

「ちょ！　リカっち失礼っすよ！」

タクに続いて出てきたのはタクよりも重量感のある金属鎧を身につけた身の丈以上のタワーシールドを背負ったチャラそうな肌黒の男性と、水色の髪に青のローブを着た魔法使いっぽい女性だった。タクのパーティメンバーなんだろうけど……なんていうか、その、あれだな。

「あーと……個性的なメンバーだな？」

「……何かスマン。あれでも優秀な盾職と水メイジではあるんだぞ……ホント、何で優秀なんだろうな？」

「そうか……まぁ、なんだ。強く生きろよ」

サモナーは不人気だというけど、あのパーティメンバーとずっと居るぐらいならボーパル達の方が百倍いい。かわいいし、もふもふだし、かわいいし！

「で？　タクのパーティメンバーはあの二人だけなのか？」

「いや。他に弓使いのエルフと、斥候とヒーラー志望のヒューマンが居るぞ。リカはヒューマンで、テツ……そこの盾職がドワーフだな。見た目黒いだけの人間だけど。エルフは白いだけだし」

「へー、なかなかにバランスよさげなパーティーだな」

「だろ？　みんな集まってプレイできる時間が少ないのが難点だが、ＭＭＯで固定パーティを組もうとしたら、プレイ時間が合わないのはしょうがないところあるしなぁ」

「その点サモナーは楽だな。基本ソロだし」

「っすよねー。今日も日が昇ってからついさっきまで山のエリアボスのゴーレムとずぅ～と戦ってたんすけど、結局三人が時間切れなんで死に戻ってきたんすよ。素敵持ちのミカっちが落ちちゃったんでどうしようかと思ってたら、隊長がユウっちを紹介してくれたんす！　ったい！」

「余計なことまでしゃべらんでいい！　っとまあ、そんな訳で一緒に狩りに行かないか？　ドロップはボーパル達含めた人数割りでいいからよ」

「こちらとしては願ったりだが一つ条件追加。取り巻きがウザイから来れなさそうな所で」

「んー、ダッシュのレベルは？」

「7」

「ずいぶん高いな。じゃあ、山頂付近の休憩地点まで戦闘を避けてダッシュ。その後にヤギ狩りでもするか。ボーパルなら素敵は任せられるだろ？」

「もち。今はミズキもいるしばっちりだ」

「きゅい！」

「ホー！」

「フクロウも居るのか。頼もしいな。二人ともよろしく頼むぜ。さて、お前達。話は聞いてたな？　山頂までマラソンだ！」

「マジっすか!?　今降りてきたところっすよ!?」

「リーダーのおーぼーだー！」

「何言ってんだ、今日はほとんどレベル上げ出来なかっただろ？　それとも延々とネズミ狩りでもやるか？　この前みたいに」

「さぁ行くっす。すぐ行くっす！」

「もう、ネズミ狩りはいやーー!!」

「あー。なにがあったのかは大体分かった」

ラットを封印するための三時間の記憶ががが……。

「ユウ……お前もか……。ほら、ネズミが嫌ならさっさと行くぞ！　おら！　退いた退いた！」

「「おー！」」

「きゅい！」

「ホー！」

「ちょっ！　リアさーん。また来ますねー！」

「ええ。いってらっしゃい」

「おいっ、待てって！　いやマジで待って！　俺、道知らねぇんだって！　待てぃ!!」

「あーっはっはっは！」

愉快そうに笑いながら俺ごと振り払うように走り出したタクたちを必死に追いかけて……街を出る前にあっさり追いついた。敏捷補正さんマジ感謝です。

◆◆◆

《スキル：ダッシュがレベルアップしました》
《スキル：ダッシュがレベルアップしました》

「よーし、休憩！」

「「「うーい」」」

街を出てから一時間ほど。俺とボーパルとミズキの索敵をフルに使い戦闘を徹底的に避け、ストーカーをまき、山頂付近まで一気に駆け上がった。

……結果的にモンスターをなすりつけたみたいになったけど敵が居る所にプレイヤーが突っ込んでいっただけだから大丈夫だよね？　大丈夫なはず。大丈夫だと信じる。

「それでタクよ。ここら辺にはどんなモンスターがいるんだ？」

「ん？　そうだな……昼間はイワガメとサルが基本だな。夜はイワガメとコウモリ。それにヤギだけど、今日はヤギ狩りがメインになるだろうな。

ヤギは昼間も居ることはいるんだが、ウサギほどじゃないにしろ気配察知能力が高い上に急な崖《がけ》でもひょいひょい走るもんで捕まらねーんだよ。崖まで追いかけて行って落ちたら死ぬしな。普通に。

んで、そんなヤギだけど夜は眠った状態でエンカウントするんだ。経験値もうまいし確率は低いがミルクをドロップしたら高く売れるんだよ」

「ほえー……あれ？　ヤギからはミルクが取れるのか？　ならヤギを召喚したらミルクが取れるようになったりするのかね？」

「は？　どうなんだろうな……メスだったら取れるかもな。次の召喚枠拡張はいつなんだ？」

「あー、ミズキを召喚したばっかりだから次までまだ五体だな」

「む。カメとコウモリとヤギ封印しても二体足りねえか……じゃぁ今度召喚したらどうだったか教えてくれよ」

「もし仮に召喚したらな。召喚したら」

「フラグ乙。さて、休憩《きゅうけい》はこんなもんで戦闘行くぞー！」

「「あーい」」

「ボーパルとミズキは索敵頼むな」

「きゅい！」

「ホー！」

さて、山での初戦闘としゃれこみますかね！

◆◆◆

《コウモリの封印率が百パーセントになりました》
《コウモリが封印完了しました》
《スキル：召喚魔法がレベルアップしました》
《プレイヤーがレベルアップしました。任意のステータスを上昇してください》
《召喚モンスター：ボーパルがレベルアップしました。任意のステータスを上昇してください》
《召喚モンスター：ミズキがレベルアップしました。任意のステータスを上昇してください》
《スキル：鑑定がレベルアップしました》
《ヤギの封印率が百パーセントになりました》
《ヤギが封印完了しました》
《スキル：召喚魔法がレベルアップしました》
《プレイヤーがレベルアップしました。任意のステータスを上昇してください》

《スキル：火魔法がレベルアップしました》
《スキル：杖がレベルアップしました》
《スキル：回避がレベルアップしました》
《スキル：防御がレベルアップしました》
《スキル：火魔法がレベルアップしました》

《イワガメの封印率が百パーセントになりました》
《イワガメが封印完了しました》
《スキル：召喚魔法がレベルアップしました》

ユウ　サモナー
Lv8　→　10
体力　13
筋力　13
敏捷　13
器用　13

魔力　15　↓　16
精神　15　↓　16

スキル
杖Lv4　↓　5　召喚魔法Lv5　↓　8　火魔法Lv5　↓　7　鑑定Lv5　↓　6　ダッシュLv7　↓　9　回避Lv4　↓　5　防御Lv4　↓　5

《スキルポイントを二点獲得しました。SP　15　↓　17》
《スキルポイントを二点獲得しました。SP　17　↓　19》

ボーパル　ウサギ
Lv8　↓　9
体力　10
筋力　11　↓　12
敏捷　18
器用　12

魔力　4
精神　7

スキル
索敵　気配察知　跳躍　ダッシュ

ミズキ　フクロウ
Lv8　↓　9
体力　12
筋力　12　↓　13
敏捷　17
器用　10
魔力　6
精神　5

スキル

飛行　奇襲　索敵　夜目　高速飛行

「いや〜、ユウっちと居ると戦闘回数が段違いに多いっすね！」

「本当ね。時間当たりの効率が段違いだわ。この三時間程でレベルが二つも上がったもの」

「索敵さまさまだな。ホントに」

「えっ、そうか？　ヤギとイワガメは近づくまで動かないからボーパルと俺の耳は利きにくいし、ヤギはともかくイワガメはミズキが上から探しても岩山と見分けつきにくいしで戦闘率はそんなに高くなかったような気がするんだが……」

三人（羽）とも索敵のスキルを発動してはいるが、索敵スキルはミニマップに一定範囲内の敵の位置を表示してくれるような気の利いたことはしてくれない。発見したら表示してくれるが。

索敵スキルがしてくれるのはちょっと敵を見つけやすくしてくれたり、ぼんやり息遣いが聞こえるようになったり、なんとなく人の気配がわかりやすくなったりするぐらいで、索敵というより感覚強化といったほうがいいスキルだったりする。

俺はうさぎさんセットのセット効果のスキルのため、どれだけ使っても成長はしない代わりに、ボーパルと同レベルの聴覚限定の策敵能力を持っていたりするんだがな。今なら一キロ先で落ちた針の音も聞き分けられそうだぜ……いや、流石に無理だけども。

「いやいや、ほとんど休憩無しで戦闘時間の方が戦闘してない時間より長いぐらいだったんだが？」

あー、言われてみれば確かに。ボーパルもミズキもいなかった時の戦闘はイワガメの歩み並みに遅々として進まなかったもんな。

ちなみにイワガメの歩みはホントに遅い。マジで。普通のカメ並みの速度しか出ていない。

代わりに止まっている時のイワガメは本当の岩とほぼ区別がつかない。ボーパルと俺の耳でも一メートル以内に近づいてやっと息遣いが聞こえる程の索敵キラーだ。手当たり次第にそこらの岩を鑑定したほうが早く見つけられるレベルだな。

戦闘能力で言えば一言に集約できる。イワガメは……硬い。ものすっごく硬い。

物理攻撃は甲羅どころか足や顔でも殆ど効かず、逆に武器の方がイカレるとタクが剣をほっぽり出し徒手空拳で殴りに行くレベルだし、魔法耐性も物理ほどではないが高く、珍しく魔法で攻撃したのに良く見なければＨＰが減ったのか分からないぐらいに硬い。

それでも相手の攻撃は全く当たらないのでＭＰが続く限り魔法で燃やす。ＭＰが切れたら物理でたこ殴りにし……一体に二十分もかけてやっと倒すことが出来た。

……一体につき二十分が長いか短いかは個人の価値観によります。

俺的には滅茶苦茶長いが、タク達からすれば早い方らしいな。価値観のズレを感じるぜ……。

唯一の救いは封印完了までに必要な数が三匹と少なかった事だな。ウサギ以下だわ。おかげでなんとか封印完了することはできたんだが……それ以降は全部無視した。

もうやりたくないが、これ以降イワガメと戦う事があるなら一点突破の大火力が欲しいところだな。レッドゾーンをガン振りして捻じ込む拳とか。無理か。

んで、次はヤギだが。ヤギたちは岩陰や藪に隠れて寝ており、こっそり近づいて不意打ちで一発当てるのは容易かった。

イワガメと違って体が白いからミズキも見つけやすく、呼吸音どころかイビキをかいていたりもするのでボーパルや俺にも見つけやすい。

防御力もイワガメみたいに刃を弾いたりするほど高くないんだが……ものすっごいタフネスだ。

ＨＰの量が多いのか攻撃を当ててもなかなか倒れず、ＨＰが少なくなるほど反撃が苛烈になっていくという面倒くさい相手だった。

全員で囲んで潰したが、そこそこ反撃をもらいヒールクリームが大活躍だったな。うちのパーティメンバーは全員打たれ弱いからな……俺含め。ちなみにヒールクリームはタク達にも大好評でカツアゲされてしまった。いや、代金は貰ったし俺がＯＫしたからカツアゲではないんだが、タク達からの圧力が凄かったもん。ＮＯと言える雰囲気じゃなかったよアレは……。

そんなこんなで山でのレベル上げはなかなかに大変だったが、レベルも上がったし封印完了モンスターも増えたしで俺にとってはかなり有意義だった。

何だかんだ俺が封印完了するまで付き合ってくれるタクのパーティメンバーはかなりいいやつらだと思う。

イワガメ戦なんてもう、みんなで死んだ目をしながら作業の様に交互に拳を突き出すだけだったしな。もうやりたくないよ本当に。

……え？　コウモリの話をしてない？　キーキー鳴きながら集団で襲い掛かってくるだけだったのでおいしくいただかせて貰いましたが何か？

「うしっ！　ユウの封印もひと段落ついたみたいだし、そろそろ下りるか？　戦闘ばっかりで疲れたしな」

「んー、そうね。昨日からログインしっぱなしだから流石に眠たくなってきたわ」

「ッスね。今日はもう十分レベルあげしたっすし、お開きにするっす！」

「きゅい～」

「ホ～」

ボーパル達も眠そうに目をしばしばさせているしね。かわいい。

……あれ？　召喚モンスターのボーパル達に睡眠って必要なんだろうか？　疲れは感じているようだからちゃんと寝るのかな？　ヤギが寝るぐらいなんだし、ウサギとフクロウも寝るのだろう。たぶん。

丸くなってスピスピ言いながら眠るボーパルと、首を埋めてモコモコの物体になって寝るミズキ……いいね！　徹夜してでも観賞したくなっちゃう！

今度街でいいベッドを探そう！　ミズキの止まり木と～、ボーパルは小さなバスケットとかどうだろうか？　なければ編もう。そうしよう。

「よーし、それじゃ下りるぞ！」

「「はーい（っす）」」

「きゅい！」

「ホー！」

街に下りたら、今日消費しつくしたヒールクリームを買いに行かないとな。リアさんから毛皮の代金ももらいに行かないとだし、すっかり忘れていた野犬の封印もしたいし、やりたいことが多すぎる！

とりあえずは帰って寝る！　眠い！　疲れた！　ボーパル達を抱き枕にして寝たい！　もふもふしたい！

……こっちの世界で寝ても睡眠って取れるのかな？

……これは試さねばなるまい。より深くＦＷＯを楽しむためにはこの謎を試さずにいられようか？　いやいられまい！　（反語表現）

待ってろベッド！　存分に満喫してやるからなぁ！

◆◆◆

「『挑発』っす!!」

「メェエエエエエ!!」

行きとは違い山を下りつつ策敵に引っ掛かったコウモリとヤギはサーチ＆デスしながら進む。

……え？　カメ？　あんな時間泥棒に構っている暇は無い。ドロップの甲羅は防具の材料にはいいらしいけども、効率が悪すぎる。無視だよ無視。

「メェエエエエエ!!」

「はぁあああああ!!」

ガキンと、がヤギの突進をタワーシールドで受け止め、その勢いを完全に殺しきり、暴れるヤギの動きを抑え込んだ。

「今っす！」

「ナイスだ、テツ！　うおおおおおおお『スラッシュ』！」

「〜〜〜『ウォーターボール』！」

「〜〜〜『ファイヤーボール』！」

「きゅい！」

「ホー！」

動きの止まったヤギの背後からタクの振り下ろす鉄剣が。左右からは火球と水球が。体の下に滑り込んだボーパルからは蹴り上げが、高空からはミズキの降下攻撃がヤギの体に多段ヒットする。

「グ、グメェエエエエエ!!」

俺達のほぼ最大火力をクリティカルに食らったヤギは断末魔の叫びを上げ、コテンと倒れた。

俺達の連係もだいぶ錬度が上がりHP半分以下で行動させる事なく倒すことが出来るようになってきたなぁ。

ヤギは自分のHPが半分以下になると怒り狂うバーサークモードみたいになることがあり、そのモードになると一気に戦いにくくなってしまうんだよね。攻撃を加えるほど闘志が燃え上がり攻撃が苛烈に、動きが荒々しくなっていくのだ。面倒くさい。

そのくせしてHPが一割をきり、本当にピンチになると全力で逃げ出しもする。木をひょいひょい登り、枝から枝へと飛び移って逃げていくヤギを初めて見た時は開いた口が塞《ふさ》がらなかったものだよ。

タク達の話では起きている時のヤギは、最初からこの逃走モードに近い動きをするらしい。そりゃなかなか捕まらないのも納得である。

むしろ何故寝ているときは簡単に不意を打てるのか……ゲーム上の都合ですね、分かります。

◆◆◆

「おつかれー」

「きゅいー」

った。

「ホー」

戦闘終了後、ぶっ続けで移動と戦闘を続けていたためちょっと小休止をいれることにな
ボーパルとミズキをもふりつつマップを確認すると、街までの距離はちょうど半分ほど。このまま戦闘を続けて行くとしても街までは残り一時間くらいかな？

山を下るほどエンカウント率は落ちていっているし、麓《ふもと》まで下りきったら出てくるのはラットだ。それぐらいなら一撃で片付けられるし、障害にもならん。

……にしてもミズキの羽毛はふかふかだなぁ。指がズプズプ沈んで包まれるような感触がする。

ボーパルの毛皮をもふるのとはまた違う感触で、撫で比べているのも楽しい。

「ホ～」

「きゅい～」

なでなでしている右手へと体ごとこすりつけるようにしてなでなでを要求し、うっとりと目を細めるミズキと。背中をなでるほどうにょーんと伸びていく、たれボーパル。あ～もう！　二人ともかわいいなぁ！　もしかしてここは天国なのかな？　かな？

「あちゃー、ドロップ何も出なかったっす……」

「もー、またなの？　しっかりしなさいよ！」

「えぇぇ⁉　おれっちの所為じゃないっすよ！　ドロップ率の問題っす！」

「ユウちゃんは、ちゃんとドロップ出してるじゃない。あなたの運が極端に悪いだけじゃないの？　日頃の行いが悪いからね」

「流れる様に普段の行いごと否定されたっす！　そんなに言うならリカっちが剥ぎ取り代わりにやるっすよ！」

「イヤよ面倒くさい。雑用は下っ端の仕事でしょう？」

「せ・ん・ぱ・い！　おれっちの方がリカっちよりも先にこのパーティにいた先輩っす！」

「どっちが先にパーティにいたかなんて瑣末《さまつ》な問題よ。先輩だからって無理やり後輩に言うことをきかせる様なパーティではこれから命を預けて戦い続けることはできないわよ？　もっと広い心を持ちなさいな」

「面倒くさいからって先輩に雑用を押し付けた張本人が言ったのでなければ心に響くいい言葉っすね！　たいちょ〜。隊長からもビシッと言ってやって欲しいっす。後輩が調子に乗ってるっす！」

「…………犯人はテツ」（ぼそっ）

「隊長⁉　おれっち達の話ちゃんと聞いてたっすか⁉」

「ああ、すまんすまん……犯人はテツ!!」(ビシッ)

「言い方の問題じゃないっす!!　そこは誰もこだわってないっす!　というか隊長もおれっちが悪いと思ってるんすね……」

「いやいや、冗談だって。俺がお前に酷い事言う訳ないだろう?　だって……」

「そうね、私もちょっとからかっただけでこれでも感謝してるのよ?　それに……」

「隊長……リカっち……」

「「俺(私)がそんな弱い者イジメをする訳ないだろ(じゃない)!」」

「うぉぉおおおおおおんっすぅぅぅぅぅぅぅぅ」

上げて落とすまさかの裏切りにテツが四つんばいになってうなだれてるな。

……えー、っと。目の前で繰り広げられているコレはなんなんだろうね?　コントかな?　拍手でもしとけばいいのか?

orzの姿勢のまま動かないテツを放置してタクとリカさんは普通に雑談を再開してるし……え?　放置?　あれ放置なの?

どうみても完全に起き上がるタイミング逃しちゃってるよ。なんかチラチラこっち見てるし。行きたくねぇなぁ。どう考えてもかかわると面倒くさそう……。

あっ、だから二人とも放置してるのか。納得。

「…………で、でも盾職がいるだけで戦闘はだいぶん安定するよな。なんていうか……安心感が違うというか……」

流石に居た堪れなくなってなんとか搾り出したセリフだが、これはこれで割りと本心だったりする。うちのパーティは二羽とも防御よりも回避寄りで打たれ弱いからな。でかい盾であえて攻撃を受けて敵を押さえつける盾職が居るだけで、パーティ全体の負傷率や損耗度合いを抑えられて安全に戦闘が出来る。その安心感はなかなかのものだ。

……だからといって俺は盾職をやるつもりはないけど。ストレス溜まりそうだし。面倒くさいし。

「っすよね！　おれっち、ちょー重要っすよね！　いやー、それほどのこともあるっす！」

俺がセリフを言い終わるかどうかぐらいでバネ仕掛けのおもちゃの様に飛びあがったテツが胸を張りつつ天狗になってる。

「復活早っ！」

うざい。激しくうざい。タクとはまたちょっと違うベクトルのうざさに近くにいるだけで疲れてくる。

ああ、早く町に戻りたい……。

「だな。ユウの言う通り助かってるのは確かだ。肉盾《テツ》のおかげで俺も攻撃に集中できるしな」

「そうね。肉壁《テツ》がいるから私も安全に詠唱できるという面も確かにあるわね」

「二人とも……フォローの言葉なのにおれっちの呼び方に悪意が見えるのは気のせいっすかね……？」

「『気のせいだ（よ）』」

どう見てもコントです。本当にありがとうございました。

まぁ、なんだかんだ言いつつテツも楽しそうだし、このパーティでのいじられ役ってことなんだろうな。

……ほんのちょっとだけ、うらやましいなと思ってもみたり。

ボーパルやミズキに不満があるわけないし、むしろ感謝しかないけど、召喚モンスター達は喋れないからな……こちらの言うことは理解しているようだし、感情があるのも一緒に居れば分かるけど、それでもタク達みたいに冗談を言い合い笑いあうようなことは出来ない。

「きゅい～？」

「ホ～？」

ボーパルとミズキが突然だまりこんだ俺を心配そうに覗き込んでくる。

二羽揃って首を傾げる姿がかわいらしくてつい口元が緩む。

「いや、大丈夫だ。心配してくれてありがとうな」

「きゅい！」

「ホー！」

屈んで二羽を撫でてやると嬉しそうに鳴き、頭を擦り寄せてくる。

別にサモナーだからといって他のプレイヤーとパーティを組んではいけない訳でも、ましてや笑いあってはいけないなんてことはない。現に今もタク達とパーティを組んでるしな。

だから俺が感じた羨望も寂寥《せきりょう》も嫉妬も孤独も的外れにも程がある感情だ。

別に俺だってボーパル達に言葉を話して欲しいわけでは……いや、それもありか？

『ごしゅじんさま、かまって～』

『ごしゅじんさま、だっこー！』

『えへへ～、ごしゅじんさま、ほめて、ほめて～』

……有りかもしれない。むしろ有りだな!!

このもこふわ、プリチーな二羽にそんなことを言われて胸に飛び込まれてすりすりなんてされた日にはもう。冒険に出ずに街に引きこもって一日中じゃれあっている自信がある！

ああ！　でももし二羽に『ごしゅじんさまなんてキライ！』とか言われた日にはＦＷＯにログインできず自室に引きこもる可能性も！　ひぃ！　なんて恐ろしい未来予想図なんだ！　やっぱりボーパル達は喋らないのが一番だな！

「……二人はいつまでも変わらない二人でいてくれよ……な？」

「きゅい？」

「ほー？」

頭の毛をくしゃくしゃにされながらも俺を見上げる二羽がきょとんとした顔をしている。

あ～もう！　かわいいな～！

◆◆◆

「始まりの街よ！　私は帰ってきた！」

「タクうっさい」

という訳で帰ってきました始まりの街。

タク達の助言で仕方なく初期装備を身に纏い。ボーパル達も送還した俺と愉快な仲間達は中央の噴水広場まで足を進め、そこで今日はお開きにすることとなった。

「んじゃ、俺達はこれで落ちるけど、ユウはまだ居るのか？」

「ん～、どうするかな」

メニューからリアル時間をチェックすると午後10時。とっくに夕飯時は過ぎてしまってるが、今日の晩飯もカレーだろうし好きな時にチンして、食べて、皿洗って、しまっとけというセルフサービス式だろうから夕食は実質いつでもＯＫなんだが……。朝からトイレ以外ぶっ通しでログインしていて何も食べていないから意識したらお腹すいてきた……。

ちなみにトイレはタクの持ってたテントのアイテムで一時ログアウトして行って来た。

俺もあとでリアさんから買おう。

「やっぱり腹へったから俺も一旦ログアウトするわ」

「ん、了解。俺達は今日はもうログインしないつもりだから、しばしのお別れだな」

「ユウちゃんまたね」

「またっす！」

「……テツ、挨拶が分かりにくいわ、〝っす〟って付けるのやめなさい。大体何よ〝っす〟て意味が分からないわ」

「唐突におれっちのアイデンティティーが全否定されたっす⁉」

きゃいきゃいきゃいと最後までタクパーティと別れリアルに戻る。

明かりの点いていない誰も居ない部屋で目覚めた時はちょっと寂《さび》しかったが、速攻でカレーを食べて風呂に入ってＦＷＯに戻る。

明日も休みだ。タク達じゃないが貫徹するつもりでゲームをしても問題はあるまい！

待っててねボーパル！　ミズキ！

第四章　アトリエと進化と森のクマさん

ログインしたのは午後十一時。

昼夜の切替は午前零時だからまだ夜だ。

さっそくボーパル達を召喚……と、言いたい所だがせっかくうさぎさんセットを外しているのにボーパル達を出したら何も意味が無くなるので泣く泣く延期に。

「さて、何をしようか……？」

山に行ってレベルも上がった。聞いた感じ森の方が山より敵は弱いらしいし、今なら俺達だけで行っても大丈夫かもしれないが、手持ちにヒーリングクリームが無いのが痛い。回復手段もなしに未知の敵に挑むほど無鉄砲じゃない。

ではヒーリングクリームを買いに行ってはどうかと言うと今度は先立つものが無い。ウサギの肉と毛皮の代金の受け取りは明日だし手持ちは無い。

詰んだな。完。

……とりあえずフレンドリストを見る限り、リアさんはログインしてるし顔を見せに行こうかな……。

◆◆◆

「はい、これがヤギとコウモリのドロップの代金ね。ウサギの代金とシチューはもうちょっと待っててね」

「ありがとうございます」

何となく資金調達＝ウサギのドロップアイテムと連想していたけど、ウサギのドロップの買い取り金がまだなら今日の成果を売ればいいじゃないと気づいたのはリアさんの屋台が見えてきたぐらいのこと。

売ったのはヤギのミルクとコウモリの牙の二種類。コウモリの牙は数があるが単価が低く、ヤギのミルクは単価が高いが数が二つしかない。

封印した分はドロップが出ないので、ぴったり封印完了数だけ狩ったイワガメのドロップもなし。

一先ずリンゴ二つも買えない極貧状態からは脱却したが、ヒーリングクリームが買えるだけの金額があるのかどうかは分からないな。まぁ値段を聞いてみて足りなければ、出直そう。

「一過性のものだとは思うけれど、あなたも大変ね。せっかく苦労して集めた装備を着ることも出来ないなんて」

「いえ、それは別にいいんですけど、ボーパル達と離れるのが辛いです……今もどこからか俺を呼ぶボーパル達の声が聞こえる気が……」

「……あなた学生でしょう？　そんな調子で月曜日から学校大丈夫なの？」

「………………………………善処します」

「その間がすご〜く気になるんだけど……」

「いえいえ、金曜日からは夏休みに入りますから大丈夫大丈夫。平日だって放課後はゲームできるしね。心配しすぎです！」

「なら、いいんだけど……」

疑わしげに視線を向けるリアさんと情報交換……いや、情報提供をしてもらう。テントの代金はウサギのドロップの代金から天引きしてもらうことになったり、ボーパル達と一緒に寝れる宿屋の場所を教えてもらったり、ボーパル達が入るようなバスケットのアイテムは見たことが無いという情報に絶望したり。

……一方的に教えてもらってばかりで悪いけどもこちらから提供できそうな情報は特に無いしなぁ。

ボーパル達と早く会いたいから聞くこと聞いたら退散させてもらった。

訝《いぶか》しげだった視線がだんだん心配そうな視線に変わっていっていたのは気づいていたが心配しすぎだと思う。ちゃんと交渉も出来たし俺だって四六時中ボーパル達のことを考えてる訳じゃないしな！

……本当だよ？　ちゃんとボーパル達以外の事も考えてるよ？

……ちょこっとは。

◆◆◆

「うし、ここだな」

一人とぼとぼと寂しく歩いていた俺は、目的地の建物と思しき物を見上げて独り言を呟《つぶや》いていた……虚しい。さっさと用事を済ませてボーパル達を召喚したいわ～。

俺がたどり着いたそのお店は、始まりの街の西通りから二本それた横道にあり、お店の上部に掛かっている看板にはでっかいフラスコの絵と、これまたデカデカとした字で『アトリエ』と扇状に書いてあった。うん。ここが目的地で間違いないな。マップ上でもここになっているし。

夜中に俺の都合だけで訪れるのは迷惑だろうとは思うけど、山登りでヒールクリームを殆ど使い切っちゃったからね。

回復アイテムを買いたいならリアさんのお店にも置いてあるポーションでもいいんだけど、ポーションは他のプレイヤー達が買占めちゃって常時品薄状態で高騰しているらしいからな。生産者から直接買えるなら安くあがるかも知れないし、伝手があるなら頼らない理由はない。それにヒールクリームの方がポーションよりも効果が高いみたいだしね。ぬりぬりするのが面倒だけど。

……ところで、俺はここがエルの錬金術のアトリエだろうと思って来ているからいいけど、単にアトリエとだけ書かれていても何をしているところなのか分からないんじゃなかろうか……。

もっとこう……『エルネスのアトリエ　～FWOの錬金術士～』って感じの方が伝わるんじゃないか？

流石にダメかな？　ダメか。

コン　コン　コン
「すみませーん」

ドアチャイムが無かったので扉をノックする。良く間違えがちだけど二回ノックはトイレらしい。その聞きかじりのマメ知識をドヤ顔でえっらそうに語るタクのうざさと共に覚えている。タクは殴った。

……。

返事が無い。ただのシカバネのようだ……ではなく、留守か、あるいは寝てるのかな？

ん？　でも明かりは点いてるな。気づかなかったのかな？

コン　コン　コン

「すみませーん」

……唐突だけどキツネもかわいいよね。リアルでは見たこと無いけど。探せばいるかな？　居るとしたら森か、あるいは雪原とかにいそうなイメージ。

あとは……火属性っぽいから火山とか？　いや流石にそれは無いか。狐火を出せたとしてもキツネ自身が火に強いかは別問題だろうし。

……。

反応がない。明かりは点いてるから居ることはいると思うんだけど、調合中で手が離せないとかかな？　あるいはお風呂とか。

とにかく今日は出直すか。効果は落ちるし価格が高いらしいけどポーションをリアさんの所で仕入れて……。

「…………どちら様ですか」

ともすれば聞き逃してしまいそうなほどのか細い声がドアの向こうから投げかけられた。

予想していたハキハキとした元気が溢れるエルの声とは対照的な、儚く、ささやく様な声にびっくりして、つい考えていた返事が喉に詰まってしまう。

「っ……あ、ユ、ユウといいます。ここはエルさんの錬金術のアトリエで合っているでしょうか？」

「……はい。ここは姉さんのアトリエであってます。……姉さんになにか御用ですか」

「あ、うん。ヒールクリームを作って貰おうかな～っと思って来たんだけど。お姉さんは出かけているの？」

冷たい感情の見えにくい声音の所為で分かりにくいが、エルを姉さんと言ったその声からは幼そうな少女の印象も受け、張っていた緊張がほぐれると共に言葉自体も砕けて柔らかくなった。

やっぱり敬語？　丁寧語《ていねい》？　は疲れるんだよな。言葉しか変わらないのに体全体が緊張しているような気分になる。

……え？　リアさんの前では敬語だった？　あの人と話すときは何故か自然とですます口調になるんだよな。なんでだろう？　リアさんはそんなの気にしなさそうな人なのにね。

「……ヒールクリームの納品依頼、ですか……姉さんは今採取に出かけていていません。

帰ってくるにはまだしばらく掛かると思いますが、姉さんと約束をしていたのですか」

「いや、今日会う約束はしてないけど……」

「約束もしてないのにこんな夜中に女性の住む家の扉を叩いたのですか」

「うっ……い、いや。前に君のお姉さんに『いつでも遊びに来てくれていいデス』って言われたから……」

「…………」

返事が無くなった。あきれて物も言えないってことか？　流石に見苦しい言い訳だったかな？　いつでも来ていいって言われたからって夜中に突然訪れてもいいって理由にはならないよなぁ……。

尋ね人も今日は居ないみたいだし今日のところは出直しますかね。

「……お姉さんも留守みたいだし、また改めて」

ギィイ
お伺いします。と言い切る前に俺と少女を隔てていた扉が重々しい音を立てて開いた。

……建てつけが悪いのかな？

「…………はぁ」

開いた扉の向こう。部屋の中から指す光でくらんだ目でも分かる小さなシルエットがあからさまなため息をついている。

「夜中に突然訪れる無遠慮で迷惑な客でも、姉さんと約束をしていたのならば追い返すわけにはいきません」

部屋が明るいとは言っても太陽を直視するのとは違う。目は直ぐに慣れ、一人の少女の姿を捉えた。

空色の透き通る様な長髪を頭の右側だけ結んだ特徴的な髪型に、同色の瞳。エルのハデな服装とは対照的な黒っぽい地味なワンピースタイプの服という出で立ちに、やれやれといった呆れた表情を隠しもしないその少女は、エルとは違った意味でお人形さんの様に綺麗なかわいらしい子だった。

「……ようこそ。エルとフィアのアトリエへ」

そう挨拶をした少女は、自分のスカートの両端を少し摘んで持ち上げ、膝を軽く曲げて頭を下げた。

……五メートル先で。

遠いわ！　俺は玄関の前にずっといたわけだから、フィアちゃん？　は玄関を開けたあとダッシュで離れてさっきの礼をしたわけで……なにゆえ⁉

「お、おう。俺はエルの知り合いでユウ、ってさっきも名乗ったっけ？　よろしく。えーと、フィアちゃ」

「近寄らないでください」

「おおう⁉」

扉を開けてくれたのだから中に入れてくれるのかと思ったのに、まさかの拒絶のセリフをぶつけられてつんのめる。

え、何なの？　入れてくれるために扉を開けたんじゃないの？

「……こっちです」

そして今度は俺を放置してトコトコ奥に歩いていくし……。

いや、放置してはいないか。こっちですって事は、ついて来いってことで、つまりは中に入れってことで……？

分からない！　俺には複雑な女心はちっとも理解できない！

とりあえず状況的に、ついて来いってことっぽいからフィアちゃんが入っていった奥の部屋へとおそるおそる進む。

廊下の角から頭だけ出して確認した部屋の様子は工房の様だった。学校の給食を作るようなでかい鍋？　壺《つぼ》？　が正面の壁に半ば埋まるように設置されており、その右隣の壁際にはフラスコに入った緑の液体やら、試験管に入った紫の液体やら、その他名状しがたい何かやらが並んでいる。また、反対側にはズラーっと本棚が並んでおり、その中央には四人席のテーブルとイスが置いてある。フィアちゃんが立っているのはこのテーブル辺りだな。

玄関から直通で工房なのか……机やソファーも置いてあるし、この部屋は応接室も兼ねているのかな？

工房と応接室が吹き抜けで繋がっているのもどうかと思うが、外から見た感じこのアトリエの間取りは工房のスペースで殆ど埋まってしまっている様に見えるので仕方ないのかもしれない。

まさか、『調合しながら来客の対応も出来れば時間の短縮になるデス！』という理由ではあるまい。

……まさか、な。

「……ここに座っててください」

「あ、はい」

フィアちゃんは目の前のイスを指で差し示した後、工房へと入ってきた俺から逃げるように背後の扉をくぐった……というか逃げた。脱兎《だっと》のごとく。

……ここまで露骨な反応をされれば認めるしかあるまい……俺はフィアちゃんに嫌われ

ている。と。

扉を開けてもらったときフィアちゃんが言っていた『夜中に突然訪れる無遠慮で迷惑な客でも姉さんと約束をしているのならば追い返すわけには行きません』というのはまるっきりの本心で、俺が約束をしていたから仕方なく。本当に仕方なく家にあげただけ。本心では〝迷惑〟と思っているのだろう。たぶん。

……いや、本心ではというか、態度に思いっきり出ているけども。

「俺なんか嫌われる様なことしたかなぁ……」

リアルタイムで迷惑をかけている自覚はあるが、それだけで近寄るなとまで言われるものなのだろうか？

初対面の女の子（可愛い）にめっちゃ警戒して避けられるって、割と精神的にクルものがあるから、好かれてるとまではいかなくとも、せめてもう少し警戒を解いてもらいたい所だがどうしたものか……。

……。

…………。

……………。

「……ヒマだ」

フィアちゃん帰ってこないし……。

え？　まさかの放置プレイ？

さっきの言葉は『……（姉が帰ってくるまで）ここに座っててください』って意味だったりするのか？

それだと俺はいつ来るのか分からない待ち人をイスに座ってただボーっと待ち続ける事になるんだが……。

ムリムリムリムリ！　現代っ子に何もせずに座って待っていろとかムリですから！　せめてスマホを！　もしくは小説を俺に！

……うーん。かといってここから動くのもなぁ。座っててくださいって言われたし、これ以上フィアちゃんに嫌われる要素は増やしたくないし……

はぁ……ボーパル達に会いたい……ん？　これ名案じゃね？　ボーパル達と触れ合えて俺はハッピー。フィアちゃんも何の罪も無いボーパル達を嫌ったりはしないだろうし、むしろボーパル達のかわゆさにメロメロになるのは必至！　そしてボーパル達を間に挟んでフィアちゃんとも接近（物理）出来ることもまた必然！

「これこそがたった一つの冴えたやり方っ！」

「……お待たせ、しました」

「あ、いえ。全然待ってないので大丈夫です」

ガタゴト、とイスを引いて座りなおす。

聞こえたかな？　聞こえたよな。叫んだし……。

う、うぉおおおおお！　はずい！　超恥ずかしい！

というか、フィアちゃん絶対盗み聞きしてたろ！　登場のタイミングがばっちり過ぎるわ！

「……？」

一人羞恥《しゅうち》に悶《もだ》える俺へと冷たい視線（ユウ主観）を浴びせつつヨタヨタとテーブル上の俺の対角線上まで移動したフィアちゃんが抱えていた何かをゴトゴトと机に落とした。

「……倉庫にあったヒールクリームはこれで全部です。足りますか？」

机に転がっているヒールクリームは軽く二十個はある。それだけあれば全然足りるけど問題は……。

「あー、今お金があんまりないから、買えるだけ欲しいんだけど」

「……いくらあるのですか？」

予算を伝えるとフィアちゃんは、あーでもないこーでもないとヒールクリームを仕分け始めた。どうも個体ごとに効果に微妙なばらつきがあるらしくそれによって値段も僅かに変動するため最適な組み合わせを考えているっぽい。

……俺の事が嫌いなのかと思っていたけど違うのかな？　それともプロ意識で半端な仕事は出来ないとかそういうのか？

なんにせよ想像していたよりは嫌われていなさそうで何よりだ。

フィアちゃんからの好感度が想像よりかは高いのは良いとして、『ボーパル達を呼び出してもっと仲良くなろう大作戦』の残りの問題は……抜け毛だな。ボーパル達を召喚してボーパルの抜け毛が薬品に入って爆発したりしたら目もあてられないし。いや、ゲームのキャラに抜け毛があるのか知らんが。今度毟《むし》ってみようかな？

「……決まりました。これとこれと……あとこれと」

バァアン！

「たっだいっまデース!!」

「……これ……に……」

「フィ～ア～！　どこデスか～？　お姉ちゃんが帰ってきたのデスよ────！」

唖然とする俺の目の前で、ズザザザーっと音が聞こえるほど右足で地面を削りながらドリフトして工房に飛び込んできたエルがフィアちゃんをロックオンし、目がキュピーン！　と光った……様な気がした。

「会いたかったデスよーーーーー!!」

「……うるさいです」

フィアちゃんへと全力で駆け寄ったエルはそのまま大ジャンプ。フィアちゃんへと飛び掛かりを……いや、アレはただのジャンピング抱きつきではない!? あれは……ル◯ンダイブだ!!

空中で姿勢を整え両手を合わせ、頭からフィアちゃんにダイブするエル(服は着ている)に対し、フィアちゃんは横に半歩移動するだけで直撃コースを避けると無造作に、流れるように右手を掲げた。

いや、掲げたというよりは添えたといったほうが正しいか、フィアちゃんの上げた右手が固定されている位置は一瞬前まで自分の頭があった場所であり、そして、

「ぐぴぇ」

現在エルの頭が通過しようとしたその射線上である。

フィアちゃんは腕を動かしていないが、自分の前に進む力で相対的にカウンターを食らったようになったエルはフィアちゃんの右手が当たっている顎《あご》を基点に下方向に半回転。背中からドスンと落ちるとそのまま地面を滑っていって壁にぶつかって止まった。

「……」

「……」

「……」

「……それと、これを含めた五つがいいと思います」

「えっ⁉　放置⁉　アレだけのことがあったのに何も無かったみたいに突然本筋に戻されても‼」

何故だろうＦＷＯを始めてからツッコミばかりしている気がする……そして俺以外の人の突っ込みは暴力か無視の二択しか無いような気も……どうしてこうなった。

◆◆◆

「いやはや、面目ないデス」

「……まったく。姉さんはもっと落ち着きを持って行動してください。あと節度も。それと常識も」

「これも全てフィアが可愛すぎるのが悪いのデス！　可愛いものの前では理性なんか吹っ飛んじゃうのデース！」

「それは分かる」

「……飛ばさないように鎖でつないでおいてください……それともフィアが繋いでおいて

あげましょうか……？」

「「いえ、結構です（デス）」」

だからフィアちゃん。どこからともなく取り出したその鎖をしまってください。……鎖を虚空から取り出すなんてフィアちゃんは具現化系能力者か何かなのかな？

「……はぁ、もういいです。……ユウさん。この五つが今ある中ではオススメの組み合わせです」

「あ、うん。正直違いが良く分からないしフィアちゃんがオススメするのならそれを貰おうかな」

ビクッ!!

フィアちゃんが差し出す五つのヒールクリームを受け取ろうと手を伸ばしたら思いっきり手を引っ込められてしまった。

えー？　差し出したからには受け取って欲しいんじゃないの？　割と傷つく反応を返されたんだけど……。

「およ？　珍しいデスね。フィアが女の子を避けるなんて。男嫌いなのは知ってるデスけど女の子も嫌いとなると……はっ！　つまり一生エルと一緒に居たいということデスね！　そうならそうと早く言って欲しかったデスよ！」

ぐふっ、ＮＰＣのエルにすら女の子扱いされていたのか……。

一人称俺で男口調なのにどうしてみんな勘違いするのか小一時間ほど問いただしたいところではあるが……やっぱりアレか？　見た目か？　シルフに、その容姿で男は詐欺。むしろ全世界の女性に謝罪すべき。とか意味分からんことまで言われたことあるし。

人は見た目が百パーセントってのはときどき聞くけど……中身はこんなにも男前なのにな！

「……違います。第一、フィアは別に男嫌いではありません。男の人が何を考えているのか分からないから怖いだけです。それに…………ユウさんは男の人ですよ？」

ガシッ！

「心の友よ!!」

「ぴぎゃぁぁぁぁぁぁぁぁぁぁぁぁぁぁぁ!?」

「ホワッ!?」

はっ！　しまった！　ＦＷＯに来てから初対面で俺を男だと初めて気付いてくれたのが嬉しくて、ついフィアちゃんの手を掴んでしまった！

いや〜、自分ではそんなに気にしていないつもりだったんだけど、深層心理ではやっぱり気にしてたのかね？　フィアちゃんの言葉を理解した瞬間、光の速さで机を回り込んでフィアちゃんの手を取っちゃったよ。ハハハ……。

……やっべ。どうしよう。エルが飛び込んできた時もちょっと嫌な顔するだけだったのに、フィアちゃんが絶叫&顔真っ赤の涙目で俺を睨んでるし。あら、かわいい。半泣きの女の子って独特の魅力があるよね～。

じゃなくって！　早く手を離せばいいんだろうけども、思考だけがグルグル回って体がまったく動かない。もしかしてラグってんのかな？

本サービス開始からそんなに日が経ってないしね。バグがあってもしょうがないよね。ハハハハハ。あ、フィアちゃんの手ってすべすべでひんやりしてて気持ちいいな。さすさす。

「…………………って」

「はっ？　えっ？　ごめん、なんて？」

「ッ！　でてってーーーーーーッッ!!」

ガチャッ　ポイッ　ドサ！　バタン!!

……首根っこ掴んで家の外に放り出されてしまった……まぁ、今のは完全無欠に俺が悪いから文句は無いんだけどね……。

ガチャッ　ポイポイポイッ　キッ！　バタン！

……叩き出すほど怒ってるのに律儀にヒールクリームを届けてくれるフィアちゃんマジ天使。最後睨まれたけど……。

それにしても、フィアちゃんって見かけによらず力あるんだな。まさか技も何もなくただ力任せにブン投げられた上に、襟首を掴んで引きずられて玄関の向こうまで投げ飛ばされるとは思いも寄らなかった。そういえば、エルにカウンターを当てた時も一切体が流されていなかったしな。

もっともステータスの筋力の数値が上がったからといって筋肉が付くわけじゃないことを考えれば〝見かけによらず〟っていうのはFWO内では当たり前なのだろう。肝に銘じておいた方がいいかもな。人は見た目がゼロパーセントっと。

◆◆◆

さて、ヒールクリームを買うのに予想以上に時間が掛かってしまい、もう日の出が始まってるな。日の出が始まると夜のモンスターは徐々に数を減らしていくので早いところ森まで行って新しい種類のモンスターを封印したいところだ。

昼の森で出るモンスターがキャタピラーと野犬と一応カラス。

昼に3種類のモンスターが出るのに夜の森で出るモンスターがフクロウだけってことは

あるまい。夜に出てくるモンスターをもう一匹封印して、昼に野犬を封印したら封印完了モンスターは合計十匹になり次のモンスターが召喚出来るようになる。楽しみだなぁ。何を召喚しよっか？

俺はいつかの様に上機嫌にスキップしながら街の外を目指し、門を出た瞬間にうきうきとボーパルとミズキを召喚。即座にうさぎさんセットを着装して……から全力で逃げだした。

怖えぇよ！　なんであいつら門の周辺で出待ちなんかしてんの⁉　って、ぎゃあああああ⁉　正面にも⁉　っていうか右にも！　左にも！　どうなってんの⁉　この草原全体にストーカーが配置されてるってのか⁉　こんな夜中に居るかどうかも分からない俺を捕まえる為に⁉

んなバカな！　こんな執念の固まりみたいな連中に捕まったら何されるか分かったもんじゃない！

うおおおおおおおお！　俺はやるぞ！　なんとしても逃げ切るんだ！　行くぞボーパル！　ミズキ！　あの朝日に向かって走、逃げるんだよおおおおおおおおおおおおおおおおおおおおおお‼

◆◆◆

結論からいうと逃走はあっさり成功した。

日の出を見たストーカー達は俺達を追いかけもせずに散開。周りをキョロキョロしながら、街に帰っていったからだ。

「はぁ……はぁ……な、なんだったんだ、いったい……？」

「きゅい♪　きゅい♪」

「ホー！」

西の空が明るくなってきたのを感じた瞬間逃げるとか、ストーカー達はアンテッドかなんかだったのか？

またはそもそもの目的が俺じゃなかったとか。……あれ？　もしかして逃げ損？　ま、まぁ。最初から走るつもりだったし問題無いけどな！　負け惜しみじゃないし！　結果良ければ全て良しだし！

それとボーパル達は完全に鬼ごっこかなんかのつもりだったろ。テンション上がり過ぎて二人して俺の周りをぐるぐる回り続けてるし。嬉しそうにはしゃぐ姿は見ていて癒《いや》されるから大歓迎なんだけど、すごく身動きが取りづらい！　今は時間が無いからしゃーなし！　もう一度ふたりとも抱えて走る！

「きゅいーーーーーーーーーーー～～～～」

「ホーーーーーーーーーーーーー～～～～～」

俺に抱えられたまま後ろ足をプランプランさせてはしゃぐボーパルと、タシタシと後頭部で俺の胸を打って興奮を伝えるミズキは、それはもう大層可愛らしいが。走る速度は緩めずにそのまま森へと突入した。待ってろよまだ見ぬ夜モンスター！　今から封印しに行くからな！

◆◆◆

「ホー！」

ちなみにこれはミズキの鳴き声。

「「ホー！」」

これはミズキ以外のフクロウ達の鳴き声だ。

「だぁーーーー！　お前達はもう封印したの！　新種を持ってこい！　チェンジで!!」

「「ホーーーー！」」

ユウたちはにげだした！　しかしまわりこまれてしまった！

退路を塞がれたとはいえ、元々俺が一対一でも狩れた相手だ。あの頃よりもレベルが上がっている今三対三で負ける訳がなく。サクッと片付けた後ようやく一息つく。

「はぁ……もう夜時間も完全に終わっちまう……勢いで突撃してきたけど、前に夜の森に来たときもフクロウとしか戦わなかったよな？　まさかとは思うが、夜の森に出てくる敵ってフクロウだけとかそういうオチはないよな……？」

「きゅいー？」

「ホー？」

「いや、気にしないでくれ。二人の索敵能力には今回も期待している――――」

「――――――――――にゃぁん」

「ニャンコ!?」

「きゅい!?」

「ホゥ!?」

言葉の途中に突然叫んだ俺にボーパルとミズキが驚いているがそれどころじゃない。俺の強化された聴覚はたしかにその鳴き声を捉えていた。

昼に犬が出てきたんだ。夜にニャンコがでてきても何もおかしくないよな!!

となればやることは一つ！

「ボーパル……ミズキ……ニャンコ狩りじゃぁぁぁあああ!!」

「きゅい!!」

「ホー!!」

ボーパルが前足で、ミズキが翼で敬礼の真似事をするとサッと分かれて各々索敵に入る。ウサギ狩りとは違い危険も伴うので、なんであれ敵を見つけたらみんなで集まることだけ叫んで俺も藪の中に突撃する。

くっくっく……ニャンコちゃんめ。首を……いや、猫だから顔を洗って待ってろ！　今すぐに迎えにいってやるからな!!

……あっ、やっぱり顔を洗っているところも見たいので俺が着いてから洗ってくださいお願いします。

◆◆◆

《野犬の封印率が百パーセントになりました》
《野犬が封印完了しました》
《スキル：召喚魔法がレベルアップしました》

違うお前らじゃない。

確かにもう殆ど昼時間だが、なんで野犬ばっかりでるんだよ！　猫を出せ！　ニャンコを我に！

「「「ホー！」」」

「お前らでもねえええええええええええ!!」

◆◆◆

「……落着け俺。クールになれよ。森の表層にはフクロウしか出ないことは分かっているんだ。つまりニャンコが居るのは森の奥だ。もっと奥へ……奥へ向かわないと……」

「きゅい……」

「ホー……」

散開していたはずのボーパルとミズキが何故か近くにいるが丁度いい。ここらの散策はやめて一気に森の奥を目指す！

奥へ……もっと奥へ……！　止まるんじゃぁねぇぞ!!

「「「ガアアアアアアアア!!」」」

モンスター　野犬　Ｌｖ８
状態　アクティブ

「邪魔を……」

木陰から飛び出してきた野犬共のうち俺のほうに来た一体を、直前に察知していた俺は口内へと手にする杖を突き出して止める。

「するなぁあああああああああ!!」

「きゅいぃ！」

「ホー！　ホー！」

そのまま更に口に刺した杖を捻り込みながらぶん回し、もう一体の野犬にぶつけて牽制する。

ボーパルは地を這うように飛び出し、飛び掛かる野犬の下へと入り込むと地面を踏み切り跳躍し空中で反転。両足揃えての真上へのドロップキックを野犬の土手っ腹に食らわせ、空中で宙返りをして地面に着地。もう一度踏み切りドロップキックの衝撃で重力に逆らい滞空している野犬を真横に蹴り抜いた。

ミズキは最初の不意打ちを回避して以降、野犬共の攻撃の届かない上空を旋回しながら鳴き続けており、野犬共もしきりに目線や耳を上空のミズキへと向けている。迂闊な攻撃ができないようで、数が多いのに攻めあぐねている。

「時間が惜しい。全員いっぺんにかかって来い！　五分で片付けてやる！」

「きゅい！」

「ホー！」

「「「ガアアアアアアアアアアア!!」」」

果たして俺の言葉が理解できたのか否か、野犬共が一斉に地を駆けて来る。飛び掛りはしないらしい。飛び掛かりは威力が出るが、来ると分かっていれば回避も反撃もやりやすいからな。

「うおおおおおおおおおお!!」

「きゅいーーーーーーー！」

「ホーーーーーーーーー！」

地を駆ける野犬の攻撃を律儀に待ってやる必要も無い。俺達も一気に野犬へと駆け寄り、杖を、脚を、嘴を振りかぶった。

◆◆◆

「ぜぇ〜……、ぜぇ〜……、ぜぇ〜……」

「きゅ、きゅい〜」

「ホ……ゥ……」

五分後。野犬は全滅し俺達は勝った。……とっくに陽は昇ってしまったが。

俺のバカ！　五分じゃなくて三分で片付けなくちゃダメだろう！　それなら間に合ったのにぃ！　と自分を責めても、メニューに表示されているゲーム内時間が変化したりはしない。

……にしても今回の野犬共は他のよりもかなり強かった気がするな。死んでこそいないものの全員少なくないダメージを負ったし、やっぱり奥地に来たから敵も強くなってきているのかね？

《召喚モンスター：ボーパルがレベルアップしました。任意のステータスを上昇してください》

ん、了解。

ボーパル　ウサギ

Lv9→10
体力 10
筋力 12→13
敏捷 18
器用 12
魔力 4
精神 7
スキル
索敵　気配察知　跳躍　ダッシュ

《召喚モンスター：ボーパルがクラスチェンジ条件を満たしました。クラスチェンジ先を選択してください》
《クラスチェンジ候補：大兎
蹴りウサギ》

《大兎
耐久力の低さを補うために大型化した兎。
素早さを犠牲にする代わりに体力と耐久力が大幅に上昇した。
重量を生かした体当たりやのしかかりが得意だが小回りが利きにくくなった。
地上で活動し、主な攻撃手段は体当たり、のしかかり等》

《蹴りウサギ
速度と攻撃力に特化した兎。
見た目はウサギと殆ど変わらないが、強化された脚から繰り出される蹴りは岩をも砕く威力がある。
地上で活動し、主な攻撃手段は体当たり、蹴り等》

なん……だと……？

え？　なに？　クラスチェンジ？

あ～、なんか聞いたことがあったな。職業のレベルアップの事だっけ？　モンスター的には進化みたいなもんか？　ボーパルが進化かぁ……候補は大兎と蹴りウサギね。

むむむぅ……これは難題だ。大兎は大型化した兎……つまり抱き心地がさらに上がるわけだな！

それにサイズによってはもしかしたら……上に乗って走ったりとか出来ちゃったりするんだろうか⁉

でもでも、蹴りウサギは今のボーパルと殆ど見た目が変わらない。つまり今のちっちゃかわいい姿のボーパルのままって訳だろ？　これも捨てがたいし……うーん。どうしたもんか……。

ボーパル　ウサギ　↓　蹴りウサギ
LV　10
体力　10
筋力　13　↓　16
敏捷　18　↓　20
器用　12
魔力　4
精神　7

スキル
索敵　気配察知　跳躍　ダッシュ　蹴り（ＮＥＷ）　溜め蹴り（ＮＥＷ）

《召喚モンスター：ボーパルが蹴りウサギにクラスチェンジしました》

「きゅい？」

ヤッタネ　ボーパルハ　ケリウサギニ　シンカシタ！

やっぱり俺の中のボーパルはちっちゃかわいいで登録されているからな！　大型化したボーパルにむぎゅぅ～っと抱きつくのも魅力的だが、ここは蹴りウサギにした。

さて、無事クラスチェンジしたボーパルはというと……見た目はウサギと殆ど変わらないな……いや、後ろ脚がちょっと逞しくなったかな？　本当にちょっとだから誤差レベルだけど。俺じゃなきゃ見逃しちゃうね。

ステータス的には大分強くなってるのは分かるけど、どれぐらい強くなったのかはちょっと戦って確かめてみたいな。

そうと決まれば近くに敵はっと……ん～、一体いるな。ちょっと行って戦ってみよっか。

「きゅい……？　きゅいい!!」

「ホー！　ホー!!」

敵の反応がある方に歩いていくと、クラスチェンジしたばっかりのボーパルが俺の足に纏わりついてきて、ミズキも襟を咥えて引っ張ってきた。

なんだろう。かまって欲しいのかな？　かわいいやつめ。でも、もうちょっと待っててな。街まで戻ったらいくらでもかまってあげるからな～。

っと。危ない危ない。とりあえず今は、もう目の前まで迫ったこのモンスターを、倒す事に、集中……しない……と……。

モンスター　エリアボス　ラースベアー　Lv20
状態　アクティブ

「ぎ、ぎにゃあああああああああああああああああ!?」

草木を掻き分け俺達の前に現れたのは赤く巨大な熊だった。

「ガウウウウウウウウウウウウ!!」

くま！　クマ！　熊！　ベアー！

ぎゃぁぁぁぁあああ！

いやいや待て待て、待ちなさい！　テディーベアとかは好きだしかわいいと思うけども！　流石に全長八メートルを超える鮮血の様に真っ赤な熊に突然出会ったらビビるわ！　むしろちびるわ！　いや、ちびらなかったけども！　そうじゃなくって！　気持ちの問題が問題発生なんだよ！

ギャー！　怖い怖い！　い、いかん思考が混乱してる。ここは一つ。

「戦略的撤退‼」

「ホー！」

「きゅい！」

「ガウウウウウウウウウウウウウウウウウウ‼」

三十六計逃げるになんとか！　意味は知らないけど逃げるが勝ちみたいなもんだろ。多分。

ふっ、大熊よ。見たところお前は攻撃力特化だろう？　俺達の鍛えられた敏捷力には付いて来れまい！

「ガウウウウウウウウウウウウウウウウ！」

付いて来れまい！

「ガウウウウウウウウウウウウ！」

……付いて、これ、ま……。

「ガウウウウウウウ!!」

く、クマ速ぇえええええええええええええええええええええ！

いや、速度的にはこちらの方が若干速いのだろう。すこーしずつ離してはいるが、なかなか振り切ることが出来ない。やっぱり赤いからか!?　通常の三倍速いのか!?

ガキン！

「グペ!?」

バッキバキに草木をへし折り迫ってくる赤大熊《ラースベアー》の恐怖から全力で逃亡している俺が大きな木を避けて前へ踏みだした瞬間。突然透明な壁が現れ俺の進行を阻んだ。

「きゅい!?」

「ホゥ!?」

いや、俺の顔の前だけじゃない。俺達の正面に一面全て透明な壁が出現していて、ボーパルとミズキもその壁に阻まれて地面に落ちている。

これは……まさか……アレか？　歴代のゲームに代々存在するアレなのか!?

『ボスからは逃げられない!!』

状態なのか⁉

「ガウウウウウウウウウウウウウウウウ！」

「ヒィイイイイイイ⁉」

「ぴゅい⁉」

「ホヒョー⁉」

背後は壁。左には大樹がそびえたち移動不可。そんな状況で追いついてきたラースベアーについ変な声を出してしまう。

ボーパルとミズキもなんか聞いたこと無い声出してるし！

「ガァア！」

あわあわしている間に追いついたラースベアーが巨大な熊の手を振りかぶって迫る。

右方向へは回避できるけど、今かわしたら地面に墜落して、咄嗟に避けれないミズキに当たる‼

「こなくそ！」

ラースベアーにぶつかりに行く様に飛び出し、手にした杖を全力で左から右へと振り切り、今まさに振り下ろされている最中の熊の手を横から弾き軌道を逸らす。

否。逸らそうとした。

かつん。

「へ？」

予想していた重い手ごたえとは裏腹に、俺の腕は大した抵抗も無く振り切った。

「がぁっ⁉」

直後に衝撃。

轟音を立てて振り下ろされたラースベアーの一撃は、俺の悪あがきにより軌道をほんの少しずらす事に成功したようで、俺の体の中心を逸れ、杖を振り切った俺の右腕がある位置を通過した。

カァッ！　痛ってぇぇぇぇぇぇぇぇぇ！

い、いや、痛くはないけども！　痛覚はカットしてるけども！　自分の手が無いのってすっげぇ違和感がぱねぇ！　てか気持ち悪い！

くっそ、どうなった⁉　殆どゆとりは無いが少しでも後ろに下がって状況の確認を！

ボーパルとミズキは……無事か。

俺の右手は……肩から綺麗に消滅しているな。流石にちぎれた右手が転がっていたりはしないみたいだが……まぁ、当然か。ホラーすぎるしな。

プレイヤー　ユウ　Lv10
状態　恐怖　欠損

HPは残り……十七パーセントか。

って、十七パーセントぉ⁉

ふぁっ⁉

なんでもう二割切ってんだ⁉　えぇっ⁉　俺が食らった攻撃はラースベアーの一撃だけだよな⁉　腕が吹き飛んだ事も含めてどんだけ攻撃力あんだよあの熊⁉

……って、あああああああああああ‼

忘れてた……。ボーパルのクラスチェンジやらなにやらに驚いて、あの妙に強い野犬と戦ったあと回復するの忘れてたぁあああああああああ‼

俺の、バッカチンがぁ！

「ガアアアアアアアア！」

ラースベアーが逃げ道を塞ぐように右から左へとフックを放つ。

後ろは壁。左は木。右からは熊の手。正面は熊。ならば逃げ道は……。

「跳躍ぅぅううううう」

上だ!!

セットスキル・跳躍。付いたはいいものの索敵と違い今まで全く使い道の無かったスキルを初めて使う。ぶっつけ本番だが頼むから高く飛んでくれ！

「う、お！」

足にぐっと力を込めて飛び上がった俺はピョーンとその場で垂直に三メートル程飛び上がった。

すっげ！　配管工のおっさん並に跳んだぞ!……いや、それは言いすぎかな。

「ガァ!?」

真上に飛び上がった俺の足元にラースベアーが突っ込んできたので、その頭を踏み台にさらに跳躍！　ボーパルも俺に続いてラースベアーを踏み台にして空に舞う。ミズキは自前の翼で追いかけてくる。

俺が目指すは上。お隣の太い木から生えている枝の上だ。

「とぉどぉけぇえええええ!!」

「きゅいいいいいいいい！」

果たして俺の願いは……届いた。

太い枝へと辛うじて引っかかった指を支点に全力で力を込め、しがみついてくるボーパルごと体を枝の上に放り投げる。

そのときチラっと見た眼下では『俺を踏み台にしただとぉ!?』と驚愕に染まっていたラースベアーの表情が徐々に真っ赤に、更なる怒りに染まっていくのが見えた。

「ガウウウウウウウウウウウウウウ!!」

ヤバイヤバイヤバイヤバイヤバイ!

ラースベアーは二足で立ち上がると八メートルほどもあったはずだ。今俺がいる枝は良くても七メートル程。ここだとラースベアーの手が届く!

「跳躍ぅぅぅぅぅぅぅぅぅぅぅ!」

「きゅい!」

「ほー!」

上へ、上へ、もっと上へ。アイツの手が届かないところへ!

「跳躍跳躍跳躍跳躍!」

幸いにも跳躍のクールタイムは短かったので、連続で跳躍を発動して頂上付近まで一気に駆け上がり、一息をつく。ここまで来ればあの巨大熊も追って来れ、ま……い。

「ガウウウウウウウウウウウウウウ!!」

登って来たぁぁぁぁぁぁ!!

いやいや！　いくら大きな木とはいえ、あんさんには小さ過ぎますから！　回した腕が後ろでくっ付きそうになってるじゃねぇか！

ほら！　ミシミシいってる！　上に登ってくる程、木がミシミシいって曲がっていってるぅぅぅぅ！　折れる折れる！　落ちる落ちる！

ってそんな事より早く逃げないと！　次かすったら俺死んじゃう！　とはいえ上に行くには限界があるし、付近に飛び移れそうな大きな木も無い。下に飛び降りたら落下ダメージで死にそうだし……。

うん。詰んだな。

ファイヤーボールで攻撃することは出来るが、足場の木ごと燃やしそうだ。ほんと火魔法使いにくいな！　今度絶対別の魔法を覚えてやる。

「ガウウウウウウウウウウウウウウウ!!」

「ヒッ！」

怖い怖い怖い！

ラースベアーが吠えるたびに、全身に恐怖が拡がり身がすくむ。

徐々に距離を詰めてくるラースベアーに対して有効な対策を練るどころか、俺に出来る事は何もない。

……だからこそ、この状況を打開するために『彼女達』が動いたのはある意味では当然だったのかもしれない。

「きゅい」

「ホー」

ボーパルとミズキが軽い目配せと小さなささやきで意思疎通をはかった後に、ぴょんとボーパルが枝から飛び降りていった。

「！　ボーパル⁉」

自分でも驚く程の悲壮さを滲ませた叫びを背中で受け止めながらも宙を舞うボーパルは眼下から迫るラースベアーの大樹に回した腕の左肩、というか二の腕に着地した。

「ガウウウウウウウウウウウウウウウウ‼」

当然自分の腕の上にボーパルが我が物顔で乗っているのをラースベアーが許す筈もなく右腕を木から外してブンブン振るも、体全体でヒシッと抱きついたボーパルを振り払う事が出来ない。

「ホー‼」

そしてボーパルが作ったその大きな隙に上空からミズキが襲撃をかける。

「ガァ⁉」

ボーパルに意識を集中しているラースベアーの無防備な鼻っ面に爪を食い込ませて着地したミズキが、ラースベアーの目玉をくり抜く様に、あるいは叩き潰す様に何度も何度もその尖った嘴を叩きつけ始める。

さすがに目玉を抉られては敵わないと、ボーパルの振りほどきを中断して必死に顔を振ってミズキを振り落とそうとするラースベアーだが、首を振るだけの力ではミズキを振り払う事ができず、余計に鼻面に爪を食い込ませるだけに終わった。

「きゅいぃぃぃぃぃぃぃぃぃぃぃ」

首を振るために再度木にしがみつき、安定したラースベアーの右腕の上。ボーパルは静かに右足を振り上げて〝溜め〟に入る。

「ホー！　ホー！」

ボーパルが何をしているのかを優れた視界の端で確認したミズキは、振りほどかれないように力一杯足に力を込めて爪を食い込ませつつ、ばっさばっさと翼をはためかせてラースベアーの視界を遮りボーパルに注意が向かないように奮闘している。

「きゅい！」

「ホー！」

ボーパルからの合図と共に足に込めていた力を緩めたミズキが、ラースベアーの首を振る勢いに吹っ飛ばされる。元々吹き飛ばされる為に力を緩めたミズキはどこかに叩きつけられる事も無くすぐに体勢を立て直しているが、その姿はラースベアーの位置からは丁度見ることの敵わない位置だ。

「フンッ」

やっと鬱陶しいミズキを振り切ったラースベアーは、鼻息を一つ吐いて、未だに腕に乗っているボーパルの方へ振り向こうとし……。

「きゅいいいいいいいいいいいいいいいいいい！」

「⁉」

ドゴン‼

と派手な音と共に炸裂したボーパルの〝溜め蹴り〟で強制的に反対側を向かせられた。

限界まで溜めたボーパルの渾身の蹴りだがＨＰ的には五パーセントほどしか削れていない。

だが、その蹴りはラースベアーの体に脅威を感じさせるには十分だったようだ。

左を向こうと首を回している途中に蹴りで強制的に右を向かされたラースベアーの頭は、首を痛めないように力を抜いて、蹴りの勢いに従い右を向いた。

「きゅいきゅいきゅい！」

溜め蹴りの反動をラースベアーに流したボーパルは右から左へと振りぬいた右足に引っ張られる様に跳躍。

ラースベアーの顔の正面の幹に足を付けるとそのまま三角跳びの要領で、全力全開で踏み切って前へとロケットの様に飛び出した。

「きゅいい！」

ドバン!!

と、さっきの溜め蹴りにも勝るとも劣らない爆音を響かせ踏み切ったボーパルが、右を向いたラースベアーの左頬、溜め蹴りが当たったところと同じ場所に追い討ちのドロップキックを叩き込む！

「きゅいいいいいいいいいいいいいいいいいいいいいいいいいいいいい!!」

貫けえええええええええええええええええええええええええええええ!!

と、ばかりに叫びながら撃ちはなったボーパルのドロップキックは、溜め蹴りのダメージで力の入らないラースベアーの首で耐えられる限界をあっさりと越えて……。

ゴキュン。

と、首から鳴ってはならない類の音が出て、更に九十度ラースベアーの首が右に回る。

正面から見ると完全に首が真後ろを向いている形だ。どう見てもホラー映像である。S

ＡＮ値チェック不可避。

「きゅいい〜〜」

ラースベアーの顔を蹴り抜いた形になったボーパルは、当然の様にそのまま空に飛び出してしまう。

俺とは違って瀕死《ひんし》な訳ではないから、即死することは無いと願いたいが、あのまま落ちれば大ダメージは不可避だろう。

「ホーーーーーーーーーー!!」

きゅっと目をつぶり来るだろう衝撃にじっと備えるボーパルへと、空中で待機していたミズキが半ば体当たりをするようにぶつかり、近くの木の枝の上へと諸共に転がりこんだ。

「きゅい〜」

「ほ〜」

クルクルと目を回すボーパルとミズキの前を、大樹にしがみ付いていられなくなったラースベアーが真っ逆さまに落ちていき。ドドーン、と森が揺れる程の大音響が鳴り響いた。

「きゅい……」

枝葉の隙間からそっと下を覗き込み、ラースベアーがピクピクと痙攣《けいれん》しつつも起き上がる気配が無い事を確認したボーパルは、やっと勝利した実感が湧いてきたのかピョンピョン飛び跳ねて全身で喜びを表している。かわいい。

「きゅい〜♪　きゅい〜♪　きゅいっ！　っきゅぅ！」

「ホー！」

「きゅいぃ」

狭い枝の上で勝利の舞いを踊っていたせいで当然の様に落ちかけたボーパル。だが、こんなこともあろうかと背後に回りこんでいたミズキがそっと枝の上に押し戻してくれる。きゅいきゅい、と照れつつお礼を言うボーパルだが、ちょっと経つとまた喜びが再燃してきたのか踊り始め、また、落ちかけるを何回か繰り返しているな。

ほほえま〜。ラースベアーに威嚇《いかく》されて、心臓が張り裂けそうな程高鳴っていたのとは別の意味で心がぴょんぴょんする光景だわ〜。

「……ハッ！　ぼ、ボーパル!?　ミズキ!?　無事か!?」

「きゅい〜！」

「ホ〜！」

狭い枝の上でタップダンスを踊っているボーパル達を見てほっこりしていると、突如胸に湧きおこっていた恐怖が霧散して声が出せるようになった。

チラッと出しっぱなしになっていたステータスを確認すると、状態異常が全て消えているな。消滅していた右腕も、いつの間にか元通りに生えていたし。ワンピースの袖ごと。アニマルセラピーってすげえなぁ。失った腕が生えてくる程の治療効果があるなんてなーと、とぼけつつヒールクリームを取り出して、危険域にあったＨＰを回復させる。

何が『俺に出来る事は何もない』だ。回復を完全に忘れてるじゃないか。

もし、あれが状態異常：恐怖の影響だとすれば状態異常怖すぎるな。恐怖だけに。

戦闘能力が落ちたわけでも、思考能力が落ちた訳でもないが、植えつけられた恐怖のせいで思考が逃走一辺倒になり、追い詰められたら何にも出来なくなってしまう。

でも、ボーパル達は普通に行動してたんだよなぁ……それに俺も本当に追い詰められるまでは抗えてたわけだし。つまりは心の弱さが原因だと。……はぁ。何が出来るかは分からんが、次からは気をつける事にしよう。俺の命大事に！　俺が死ななきゃボーパル達が何とかしてくれるんだから!!

……さて。ＨＰもある程度回復したし、ボーパル達の無事も確認した。まだちょっと怖いが、そぉっと枝葉の隙間から、ひっくり返ったラースベアーを見下ろしてみるが……ピクピクと時々痙攣するラースベアーは未だに起き上がってこない。

レベルアップのインフォがまだだから、生きてるとは思うんだが……仰向けで倒れてるのに後頭部しか見えないんだが本当に生きてるのかね？

まさか、あれだけの強さだったのに誰もレベルアップしなかった〜、なんて事はあるまい。……無いよね？　無いと信じる。

あと枝の上でタップダンスからフォークダンスに踊りを切り替えたボーパルとミズキが超かわいい。

何あの可愛い生き物。お持ち帰りしたいんだけど。いや、するけどね。お持ち帰り〜♪っと。ボーパル達を眺めて癒されるのもいいんだが、いつまでもラースベアーの確認を後回しにはしていられないし、木を降りるかぁ……嫌だなぁ……。

俺はそろり、そろりと、いつラースベアーが飛び起きても対応できるようにゆっくり、ゆっくり木を下りていく。

べ、別にビビッてる訳じゃないんだからね！　警戒してるだけなんだからね！　勘違いしないでよね！

木下り？　の途中で踊り狂っていたボーパル達も回収し、やっとこさ地に足をつけた。

「……いや、コレどう見ても死んでね？」

あきらかに首がありえない方向を向いているのが見えていたから、そうなんじゃないかと思っていたが……地に足つけて確認してやっぱり死んでね？　と結論づけた。……なんか白目剥《む》いてるし……ビクンビクンしてるし……。

パッケージ良く見てなかったけどＦＷＯってＲ18だっけ？　血とか出ないから違うのか？　基準が良く分からんな……。

とにかく、これだけあからさまな死体なのに『死んでね？』とクエスチョンマークが付いているのは偏にＨＰがまだ残っているからだ。

……残っているどころかまだ八十パーセントぐらいあるが。どうやらこの熊、自動回復《リジェネ》持ちらしく、こうしている今もじわじわとＨＰが回復し続けている。

あの速度に攻撃力。加えてちょっとずつとはいえ自動回復もあるとか鬼畜過ぎやしませんかねぇ？　さすがはエリアボスといったところか。

……もっとも、その自動回復の所為で首が折られてるのに死ねないとなれば一概にいい能力とも……言えるな。今回はそうとう運が悪かっただけだろう。

それともう一つ。ラースベアーと同等かあるいはそれ以上に気になる物が近くに転がっているんだが……。

【武器：棍】折れたロッド　レア度０
攻撃力＋１　重量１　耐久値０
耐久値が０になり折れた長杖

修復不可

耐久値……？　ってなんだっけ？　なんかどっかで聞いた覚えはあるんだが忘れちった。意味的には使用限界値って事かな？　それがゼロになったから杖が折れた、と。なるほど……。

ババババッ！　っと音がしそうな勢いでうさぎさん装備を鑑定する。

……大丈夫。服の耐久値はまだある。戦闘中に突然服が破けて誰得な展開にはならなそう。というかこの服が破れたら泣くどころじゃ済まないと思う。実質半日で揃えた装備とはいえ可愛いし、強力だし、愛着もあるから失いたくはない。街に戻ったら耐久値の回復方法を聞いておこう。そうしよう。

「きゅいー！」

「ホー！」

ボーパルがべちべちと、ミズキがブスブスとラースベアーを攻撃し続けているがＨＰは遅々として減っていない。

それじゃあ俺も混ざって削りますかねぇ。

◆◆◆

《スキル：水魔法がレベルアップしました》
《スキル：水魔法がレベルアップしました》
《スキル：水魔法がレベルアップしました》
《スキル：蹴りがレベルアップしました》
《スキル：蹴りがレベルアップしました》
《スキル：蹴りがレベルアップしました》
《スキル：蹴りがレベルアップしました》
《スキル：水魔法がレベルアップしました》
《スキル：水魔法がレベルアップしました》
《スキル：鑑定がレベルアップしました》

ユウ　サモナー
Lv10
体力　13

筋力　13
敏捷　13
器用　13
魔力　16
精神　16

スキル
杖Lv5　蹴りLv13（NEW）　召喚魔法Lv8→9　火魔法Lv7→10
水魔法Lv9（NEW）　鑑定Lv6→8　ダッシュLv9　回避Lv5　防御Lv5

SP　19→6

開始から三十分後。ラースベアーのHPが半分を下回った頃にラースベアーの全身から薄っすらと赤いオーラが立ち上り始めたのを見てつい、蹴り足を止めてしまった。

モンスター　エリアボス　ラースベアー　Ｌｖ20
状態　アクティブ　憤怒《ふんぬ》

憤怒か……まぁ憤怒《ラース》って名前だしな。そんなスキルを持っててもおかしくはないか。

……未だにピクピクと痙攣しかしない（出来ない）様子からじゃ、どんなスキルなのかさっぱり分からないけども。なんか攻撃的な赤いオーラだし攻撃力上昇とかかな？　分からんし自分の身で試す気はさらさら無いけども。

にしても折れた首は全く治る様子が無いな。今治られても困るわけだが。欠損は治るのに骨折は治らないとはこれいかに。

まぁ、そもそも状態異常に何も書かれていないことから今の現状がイレギュラーなんだろうな。デバッグがばがばじゃねーか。開発スタッフ何やってんの！　おかげでスキル経験値うまうまです。ありがとうございます。

格上との戦闘での経験値が多いのはゲームでのセオリーだが、このＦＷＯでもそれは変わらないらしく、完全にサンドバッグと化しているラースベアーをボコるだけでボロボロスキルレベルが上がってもうウハウハだよ。

倒すだけならボーパルの最大チャージ溜め蹴りを連発すればあっさりと片がつくとは思

うのだが、せっかくだからこの機会に新しく取ったスキルのレベル上げをしようと思い、ボーパルには溜め蹴りを使ってもいいけど殆ど溜めないで蹴ってくれと頼んでおいた。

ボーパル達もスキルのレベルが上がるのかは表記されてないから分からないけども、分からないから無いと決めつけてレベル上げを怠るのはナンセンスだからな。二人にもスキルレベル上げに参加してもらっている。

といっても、いつも通り蹴ったり、つついたりして攻撃しているだけだが。

さて、話は変わるが新しくスキルを二つ取った。

まずは〝水魔法〟火魔法の使いづらさにさすがに痺《しび》れを切らして他の魔法を取得しようと思い、今取得できるスキルを一覧から検索したらヒットしたのが、水魔法、風魔法、土魔法の三つだった。

消費SPは一律で3ポイントだったのでぶっちゃけどれでも良かったのだが、色々考えた結果水魔法にした。

タクのパーティのリカと被っているが、火魔法を使った時のもらい火の消火をするのに水魔法があったら便利そうだしな。

おのれ火魔法め、どこまでも俺の邪魔をしてくれる……!!

……まぁ、森以外の場所なら火魔法もそこまで悪い選択肢じゃないとは思うけどね？

他の魔法よりも攻撃力高いらしいし。むしろ火魔法持ちなのに森に潜ってる俺が悪いんですね。分かります。

二つ目に取得したのが蹴りスキルだ。今回みたいに武器を失った時でも使用できる格闘スキルなら何でも良かったのだが、徒手空拳スキルとかもあったのに蹴りスキルを取得したのには二つ理由がある。

一つは手に杖を持っていても使用できるから。徒手空拳は無手じゃないと使えないからな。いざって時のためにレベル上げするのが面倒くさい。

それと、もう一つ。こっちの方が重要なんだが。蹴りスキルは……ボーパルとお揃いだからだ！　お揃いだからだ！　(大事なことなので二回言った)

お揃いっていいよね！　ペアルックとか、ペアカップとか。

傍から見ても、仲良しなんだなーって客観的に分かるし、一体感っていうか、繋がってる感じがするよね！

……リアルでしたことは無いけどね。

スキル一覧に蹴りスキルを発見した瞬間にウキウキと消費SPを確認せずに取得したんだが、なんとSPが10も持っていかれてしまった。

SPが10あれば属性魔法三種を取得した上でまだおつりが来る。思わず残SPの値を3

度見してしまったが何もおかしくないだろう。

もっともこれは蹴りスキルの消費SPがずば抜けて高かった訳ではなく、他の近接戦闘系スキル……所謂戦士系のスキルも軒並み消費SPが10だった。

……剣スキルとか、槍スキルとかと、蹴りスキルが同じ消費SPなのは詐欺くさい気もしなくはないが……これからは戦士系のスキルを取得するときはよくよく考えてから取る事にしよう……。

◆◆◆

《スキル：水魔法がレベルアップしました》
《スキル：蹴りがレベルアップしました》
《スキル：蹴りがレベルアップしました》
《スキル：水魔法がレベルアップしました》
《スキル：蹴りがレベルアップしました》
《プレイヤーがレベルアップしました。任意のステータスを上昇してください》
《召喚モンスター：ボーパルがレベルアップしました。任意のステータスを上昇してください》
《召喚モンスター：ミズキがレベルアップしました。任意のステータスを上昇してください》

ユウ　サモナー
Lv10→11
体力　13
筋力　13
敏捷　13
器用　13
魔力　16→17
精神　16→17

スキル
杖Lv5　蹴りLv13→16　召喚魔法Lv9　火魔法Lv10　水魔法Lv9→11　鑑定Lv8　ダッシュLv9　回避Lv5　防御Lv5

《スキルポイントを二点獲得しました。SP　6→8》

ボーパル　蹴りウサギ
Ｌｖ10　↓　11
体力　10
筋力　16　↓　18
敏捷　20
器用　12
魔力　4
精神　7

スキル
索敵　気配察知　跳躍　ダッシュ　蹴り　溜め蹴り

ミズキ　フクロウ
Ｌｖ9　↓　10
体力　12
筋力　13　↓　14

敏捷　17
器用　10
魔力　6
精神　5

スキル
飛行　奇襲　索敵　夜目　高速飛行

《召喚モンスター：ミズキがクラスチェンジ条件を満たしました。クラスチェンジ先を選択してください》
《クラスチェンジ候補：オオフクロウ
　　　　　　　　　　　マジカルオウル》

《オオフクロウ
近接戦闘能力の上昇に伴い大型化した梟《ふくろう》。
速度と攻撃力が大幅に上昇し、牽制だけに限らず近接戦闘にも耐えられるようになった。

また、小型の物なら掴んで飛んでも機動力に差が出なくなった。

主に空中で活動し、主な攻撃手段は嘴や爪等》

《マジカルオウル
新たに魔法を習得した梟。
魔法での遠距離攻撃手段を習得し、高空から一方的に敵を攻撃できるようになった梟。
魔法攻撃力が上昇した代わりに物理攻撃力は減少している。
主に空中で活動し、主な攻撃手段は魔法や嘴、爪等》

……うん。何ていうかね、飽きた。眠いし。

流石にスキルレベルも10を超えた辺りから上がりにくくなってきたし、MPの回復待つのもダルイし、ボーパル達もへタって来たし。ラースベアーの自動回復待ちをするぐらいなら、他のモンスターを倒してレベル上げもしたいしな～。

てなわけで。

ラースベアーバイなら～で第一部完。全員順当にレベルアップ&ミズキのクラスチェンジだ。

クラスチェンジの前にステータスを上げたんだが、俺とボーパルの上昇量が2になってた。レベル10以上は二つずつ上がるのかな？

これからもレベルが十刻みで上昇量が上がるのなら、十の桁の値が変わるごとに格下とのステータスがどんどん開いていくことになりそうだな……。

それで、ミズキのクラスチェンジ先だが……かなり迷ってる。

オオフクロウは物理寄りの進化だな。単純に火力が上がる上にボーパルと一緒に空を飛んで空爆よろしく降下させる事も出来るかもしれないのは大きい。親方！　空からウサギが!!　って出来るし。

マジカルオウルは魔法での遠距離火力を上空から一方的に叩き込める進化だな。ミズキの負傷の理由の殆どが降下攻撃に合わせてのカウンターだから、被ダメージ的にもこっちはおいしい。……物理攻撃は減少するらしいからMP切れたら今よりも弱くなるかもだけどもな。

ミズキ　フクロウ　→　マジカルオウル
Lv10
体力　12

筋力　14 → 11
敏捷　17
器用　10
魔力　6 → 11
精神　5 → 8

スキル
飛行　奇襲　索敵　夜目　高速飛行　風魔法（NEW）

《召喚モンスター：ミズキがマジカルオウルにクラスチェンジしました》

散々悩んだ結果マジカルオウルを選択した。

やっぱり遠距離から一方的に攻撃できるっていいよね。それに今召喚可能なモンスターって近接攻撃しかいないんだよな。次に召喚するのも当然近接モンスターになると思うし、ここら辺で遠距離火力を仕入れておけるのは大きいからな。

「ホー？」

クラスチェンジしたミズキは全体的なシルエットはフクロウの時と変わらないが、全身の羽毛が薄っすらと白銀に輝いており、そこはかとない高級感がにじみ出ている。

また、黒曜のように深い黒だった瞳が右側だけエメラルドのような透明感のある青緑色に変わっている。オッドアイだな。ちょーかっこいい。オッドアイってだけでわくわくするよね！

これはおそらくクラスチェンジの時に覚える魔法を風魔法にしたから緑になったんだと思うんだが……。

俺火魔法と水魔法取ってるんだけど、瞳が赤と青のオッドアイになったりしてないよね？　鏡がないから分からないんだが。何か確かめる方法はっと……あっ、そうだ。

「……んー、良く分からん」

「ホ～？」

近くを飛んでいたミズキをハシッ、と捕まえてじーっとオッドアイの瞳を覗き込み、ミズキの瞳に映った俺の目の色を確認しようとしたんだが、瞳がクリクリ動く所為もありよく分からなかった。

……いや、それ以前に黒曜の瞳には全て黒く、エメラルドの瞳には全て緑に映るし、フクロウの小さな瞳に映る俺の顔はちっちゃくて目なんて良く見えないんだが。

あ、コラ。首を傾げたら場所がズレるだろ。

俺もミズキに合わせて首を傾けると今度は反対側に首を傾げ、また反対側に向けるとさらに反対方向へ……って絶対遊んでるだろ！

「ホー！　ホー！」

「きゅいきゅいきゅい」

後さっきからボーパルがミズキの後ろでちょこんと座ってこっちを見てるんだが……順番待ちなのかな？　可愛いやつめ！

《エリアボスを討伐しました》
《新エリアが開放されました》

ミズキと交代したボーパルと睨めっこ（距離が限りなくゼロ）を開始して早々にシステムメッセージに邪魔された。

新エリアが開放？　ふーん。

ラースベアーがいた奥に進めるようになった感じか？　新モンスターも居るだろうし今度見に行こうかな。

……さて、と。次の問題は目の前に転がったままになっているラースベアーだな。

いつもなら未封印のモンスターは問答無用で封印するんだが、正直封印完了まで数を倒す自信が無いんだよな。それでもいつかは封印するんだし封印しておいてもいいんだが、格上のエリアボスだけあって、いいアイテムとか装備とか落とすかもだし……。

「ええい！　男は度胸！　封印!!」

ラースベアーが光の粒になって封魔の書に吸収されていく。

ううっ、さらばまだ見ぬドロップアイテムよ……。

光の粒を吸収し終えた封魔の書に新たにラースベアーのページが追加された。封印率は……一パーセント……。

ふぁっ!?

後九十九体封印しろって!?　無茶言うなや!!　今回勝てたのも奇跡みたいなもんなんだぞ!!

くっそ、こんなことならドロップ取るんだった。次ボス戦があったら絶対ドロップ取ろう！　そうしよう！

エピローグ

ラースベアーを封印して一通り悔しがった後、街へと向かうために森を抜けた。

杖は折れ、ヒールクリームは切れ。とても戦闘を続けられるような状態じゃなかったからな。致し方なしだ。眠いし。

現時刻は午前二時。フレンドリストを見る限り、リアさんもレン君もログインしていないみたいだから一旦ログアウトして寝ようかな。眠くて判断が鈍ってもイヤだしね。

……そんな事をつらつらと考えつつ道中の野犬との戦闘をクラスチェンジしたてのボーパル達に丸投げしながら森を抜けた先。そこは……戦場だった。

「きゅいいいいいいいいいいいいいいい」

「一羽そっちへ逃げたぞ!!　囲め！」

「どこだ!?　どこへ行きやがった!!」

「やったわ！　うさぎさんずきんよ!!」

「ウサギ……ウサギはどこだ……」

「なんだと⁉　野郎ども！　気合を入れろ‼　先を越されるな‼」

「やった！　俺が倒した！　触るんじゃねえぞ‼　こいつは俺のもんだ‼」

……何このカオス……。

いや、やってることは分かる。ウサギ狩りだ。目的はうさぎさん装備だろう。

ウサギに逃げられない様に人海戦術で草原にプレイヤーを配置して、どこへ逃げても誰かが仕留められるようにしているのだろう。リアルでは深夜二時だというのにご苦労なことである。

……って、今ボーパル連れてここ通るのはヤバそうだな。ボーパルは蹴りウサギに進化したけども見た目はウサギと大差ないし。

それに殆ど狂気に取り付かれてるようなプレイヤー達の前にうさぎさん装備で出て行った時には……（ガクガクブルブル）

てなわけで、ボーパルとついでにミズキも送還して初期装備を身につけ、丸腰で街まで帰った。

宿に行ってボーパル達ときゃっきゃウフフしたかったが、またしてもお金が無かった為延期に。もうすぐ纏まったお金が手に入るのでそれまで我慢だな。

では、おやすみなさい。

◆◆◆

《運営インフォが一件届いています》

おはようございます……現時刻は午前十時。ゲーム内では夜だけどね。

えーっと。リアさんもレン君もログインしてるな。

早速リアさんの所でフクロウの羽を売りたい所だけど、その前に謎の運営インフォを確認するか。

《アップデート情報》

モンスターの首が折れた時に行動不能になる不具合を修正しました。

あっ、これは完全に俺達の所為ですね分かります。やっぱりあの熊の行動不能は不具合だったんだな。

まぁ、おかしいと思ってたよ。完全にサンドバッグと化してたもん。となるとラースベアーを同じ方法で倒すことは出来なくなる訳で、やっぱり後九十九体封印は無理だな。うん。人生諦めが肝心だよね！

◆◆◆

「おはよーございまーす」

昨日に比べて何だか人が少ない気がする街中を進んでリアさんの屋台へ向かうと、おいしそうな匂いが朝飯を食べていないお腹を締め付けてくる。

休日だから朝食が無かったんだよなぁ。カップラーメンでも食べるべきだったか……。

「あら、ユウ君おはよう。丁度いいところに来たわね。毛皮のお金も用意できてるし、シチューも今出来た所よ」

「おお！　本当ですか！」

「ふふ、ユウ君がお金無くて困っているみたいだからちょっと頑張っちゃったわ。それじゃあさっそく受け渡しするわね」

リアさんがちょちょいと操作して交易のメニューを表示させる。

俺から渡すのはウサギの毛皮と肉の引換券。リアさんから貰うのはウサギのシチューとテント。それと沢山のお金。

シチューは後でボーパル達と食べようっと。

……あれ？　でもウサギのシチューをボーパルが食べたら共喰いに……う、うん。もし欲しがったらあげることにしよう。そうしよう。

「ウサギの素材を売ったタイミングが良かったわね。今はうさぎ狩りの影響でウサギの素材の値段が暴落しているから、今売りに出してもここまでの値段にはならないわねぇ……もっとも暴落の理由はあなたにあるからこれも必然なのかも知れないけれどもね」

「ハハハハハハ……」

価格暴落させようっていう意図は無かったから、そんな事言われてもなんて言えばいいか分かんないのだけど……まぁ、高く買ってくれたのならそれに越したことはないわな。

「あ、そうだ。服の耐久値を回復させたいんですけど、どうすればいいか知ってます？」

「……服っていったらあの装備よね？　布装備ならレン君の所に持っていくといいわよ。あの子、木製武器とか布装備のマジックユーザー系装備なら大抵のことは出来るから」

「へ～。杖だけじゃなくて、服も作れるなんてレン君すごいな。ちょうど新しい杖も欲しかったのでこれから会いに行ってみます」

「レン君、昨日自分の工房を買ったのよ。今もそこにいると思うから場所教えるわね」

「お、ありがとうございます」

「いいのよ。レン君によろしく伝えといてね？」

「はーい、ありがとうございました～」

他のお客さんが来たようなのでそそくさとリアさんの所からお暇させてもらう。

それにしてもレン君の工房か……どんなところだろう。今から楽しみだ。

◆◆◆

地図頼りにたどり着いたレン君の工房はどう見ても木造の一軒家だった。

『～レンの工房　木と布のお店～』

って看板が掛かってるから場所は間違いないとは思うけど、コレ絶対工房じゃないよね？　間違えてない？

ピンポーン！

「はーい！　今行くよー！」

ＦＷＯ内で初めて見たドアチャイムを押したら中からレン君の声が聞こえてきた。

うん。やっぱりここだけ剣と魔法のファンタジーじゃなくなってるよね!?　普通にいい感じのお家だよ!?

「あ、ユウくん！　いらっしゃい！　待ってたよ！　ようこそボクの家へ！」

やっぱり家じゃん！

「リアさんから話は聞いてるよ～。新しい杖が欲しいんだって？　前の杖はもしかして折れちゃったのかな？　ダメだよ耐久値の管理はちゃんとしないと！　まっ。タダで譲っちゃったからいつかは壊れると思ってたけどね。新しい杖は前のと同じのでいいかな？　本当はもっといいのを作ってあげたいんだけど、まだカシよりも性能のいい木材が見つかってないんだよね～。ユウくんもどこかで木材見つけたら持ってきてね！　バッチリ買い取っちゃうから！　それじゃあちょっと倉庫に行って来るから、お茶でも飲んで待っててね。あ、あとボーパルちゃんを召喚しておいて！　すぐに戻ってくるからね～！」

「お、おう。お構いなく……」

リビングに通されて、お茶を出されて、一方的に捲《まく》し立てられて、放置された。↑今ココ。

部屋のなかには電灯の灯りが点《とも》り、テレビやソファーやダイニングキッチンまである。これ完全にリアルの家と変わらんな。

折角ゲームの中なんだからリアルじゃ住めないような家にしたい気もするけどなぁ。空中庭園とか、海中神殿とか。利便性最悪だから結局は住みたくはないけど。秘密基地ってロマンだよな。

でも現実っぽい家も落着くからいいかも。レン君の趣味にとやかく言うつもりはないしね。

……でも、やっぱり工房ではないと思うんだ、俺。

「きゅい！」

「ホー！」

理由は分からないけどボーパルを召喚しておいて欲しいと頼まれたから召喚して一緒にミズキも召喚する。

レン君もボーパル達を愛でたいのかな？　それなら俺も語れるぞ？　一晩中でも語れるぞ？

召喚したボーパルとミズキは初めて来た部屋に興奮したようで、しばらくの間あっちへピョコピョコ、こっちでバサバサしていたんだが、ボーパルはソファーの上が気に入ったらしく丸まって動かなくなったな。ミズキは電灯からぶら下がるヒモにじゃれついている。ってミズキ！　それに、じゃれついちゃいけません！　それ引っ張ったら電気が、あーあ。豆電球になっちゃった。

ほら、こっちおいで。おとなしくもふもふされてなさい。

◆◆◆

「ごめんね～待った？」

「ううん。今来たところ」

「？　ユウくんが来てからもう二十分は経ってるよね？」

「あ、うん。気にしないで」

「？」

ツッコミ不在の時にボケても滑った感がハンパ無い……ボケたことにも気付いてもらえないってなんか無性に恥ずかしくなってくるな。

「とりあえずコレが新しいカシのロッドだよ！」

まだ数日しか握ってないのにずいぶん見慣れたカシのロッドをレン君から受け取る。

……ばっちり代金もとられて。

「あの時よりもスキルレベル上がってるし、ちゃんと代金も貰ったから前のよりも能力は上がってると思うけど、それでも似たり寄ったりなんだよね。そろそろ新素材が市場に回ってくれると嬉しいんだけどねぇ～」

「ん、ありがとう。今度は壊さないように大事にするよ」

「うん。その子をよろしくね」

ニコっと微笑むレン君は、その手に赤いタオル？　を取り出してキョロキョロする。

「そっちのフクロウちゃんは新しい子だよね？　あれ？　ボーパルちゃんは？」

「ボーパルなら俺の後ろで寝てるよ」

「きゅい？」

自分の事が話に出たのが分かったのかボーパルが頭を起こしたらしく、長い耳の先端がピョコピョコしてるのがソファーの背もたれ越しに見えてる。かわいい。

「ボーパルちゃんおいでー」

「きゅい？　きゅい！」

呼ばれたのが分かったボーパルがソファーから跳び出てきて、机の上にお座りしてレン君の方を見て首を傾げてる。お行儀悪いけど可愛いからいいよね！

部屋に来てから召喚したから足も汚れていないだろうし。かわいいは絶対不変の正義だし！

「じゃーん！　ボーパルちゃんにマフラー編んでみたんだー！　あっ、もちろんお代はもらうよ？」

そういってレン君は手に持っていた赤いマフラーを広げてボーパルに見せてる。

【アクセサリー：首】勝利のマフラー　レア度2

防御力＋5　重量1　耐久値100
風がなくてもたなびく赤いマフラー
装備者には勝利を運ぶといわれている
【効果】
なし

「きゅい！　きゅいきゅい！」

自分へのプレゼントと聞いて目を輝かせて喜んでいるボーパル。

くっ、なんてうまい売り込みなんだ!!　これじゃあ買うしかないじゃないか！

……まぁ、レン君がボーパルの為に編んでくれた時点で買わない選択肢は無いけどね。

「これで……出来た！」

「きゅい！　きゅい～」

レン君にマフラーを巻いてもらったボーパルが胸を張ってドヤ顔で俺達に自慢してくる。

室内なのに真横にたなびく真っ赤なマフラーが、純白の毛並みに赤いお目々のボーパルとマッチして物語の主人公みたいでかっこいいな。

真っ赤な色は主人公の色だからな。怯えていなくてもいいんだよな。別に怯えてないけど。

「ホ〜……」

浮かれるボーパルと対照的にミズキがションボリしている気がする。

レン君はミズキの存在を知らなかったからしょうがないとはいえ、ボーパルだけプレゼントを貰ったような感じだからなぁ……。

「なぁ、レン君。何かミズキが装備できそうなものってないかな？」

「ん〜ごめんね。リアさんに聞いてフクロウに合う装備が無いか倉庫をひっくり返したんだけど、何にも無かったよ……」

杖を取ってくるだけにしては遅いなぁ、と思っていたけどミズキの装備を探していてくれたのか。

その気持ちだけでありがたいな。

「ホ〜」

「きゅいー。きゅい！」

レン君の言葉に、がっくりと肩を落としているように見えるミズキの所にボーパルが近づいていってそっと自分の首に巻いてあるマフラーを差し出してる。

フルフルと首を振って受け取りを拒むミズキに、一切引かずにずいずいとマフラーを押

し付けるボーパル。

やがて根負けしたように首を差し出すミズキに、マフラーの片側を自分の首に巻きつけつつ、反対側のをミズキの首に巻いて、ラブラブカップルみたいになったボーパルが嬉しそうに一鳴きしている。

無理やりマフラーを巻きつけられた形になったミズキだがこちらも満更ではなさそうにばさばさと止まったまま翼を羽ばたかせているな。

「うぅっ。友情だねぇ……」

「あぁ……でも、あのままだったら戦闘が出来ないどころか、ミズキは飛ぶ事も出来ないけどな」

「うん。それに異常装備でマフラーの効果も出ないしね……ねぇ二人共。今度までにミズキちゃんの分のマフラーも編んでおくからそのマフラーはボーパルちゃんが使ったらいいと思うよ」

「きゅい……」

「ホー……」

「ちゃんと作っておくからさ。またおいで？」

「きゅい！」

「ホー！」

ミズキがマフラーから首を抜くとまたマフラーが真横にたなびき始める。何度見てもかっこいいなあれ。俺も欲しいなぁ……。

でもちょっと厨二臭《ちゅうにしゅう》がキツイ気もするんだよなー。どうしようかなーとか考えている間にうさぎさん装備の修復を頼むのを忘れて帰ってしまった。

まぁ、耐久値はまだ残ってるし大丈夫だろう。出戻りするほどじゃないな。

あと、ボーパルを送還した時にマフラーも一緒に消えたので一々装備しなおす必要が無いのも地味に嬉しかった。

さて、と。森にネコを捕まえに行く前にあそこにも寄っておかないとな。

◆◆◆

「フィ～ア～ちゃん！　あっそび～ましょ～！」

次にやって来たのはエルとフィアのアトリエだ。と言うのも昨日ヒールクリームを買ったばかりなのにもう全部消費してしまったからな。追加を買わなきゃ。

ふふん。今度は軍資金がたんまりとあるし未知の新エリアにも行く予定だから多めに買って行くぜ！

「フィ～ア～ちゃん！」

ぎぃ……。

「……なんですか。フィアは忙しいのです。夜中に突然やってきて嫌がるフィアに無理やり触って喜ぶような変態さんと遊んでる暇はないのです」

フィアちゃんが扉をちょこっとだけ開けて、片方の目を扉の外にだしてジト目で俺を睨んでくる。かわいいなぁフィアちゃんは！　是非お友達になりたいね！　なにせ俺を一目で男と見抜く慧眼《けいがん》の持ち主だもん。お近づきになって損は無いね。俺が言うんだから間違いない！

「いや～、あの時は悪かったよ。FWO《こっち》に来てから初めて初対面で男だって分かってもらえて、それが嬉しくってつい……」

「……なぜです？　一人称は俺ですし、男口調で話しているのにどうして女の人と間違われるのですか……？」

「うん。自分では良く分からないけど俺って女顔らしくてな……昔から時々間違えられていたんだけど、こっちに来てから更に酷くなったんだよ……」

いや、九割方うさぎさん装備の所為だとは思うけども。残り一割は長髪のせい。そういえばフィアちゃん達の前でうさぎさん装備を着たことは無かったなぁ。

……フィアちゃんに着てもらうのもありだな。心がピョンピョンしそう。

「……………………はぁ」

ぎいいいいいいぃ
と、相変わらず建て付けが悪いのか、きしむ様な音を響かせながら扉がゆっくりと開いていく。

「およよ?」

「……はぁ」

「いや、人の顔をまっすぐ見てため息つかないで欲しいんだけど……」

「……しょうがないので、今回だけは許してあげます。中に入ってください。ただし次同じことをしたら許しませんからね」

「うん。次からはちゃんとフィアちゃんの許可をとってから触るようにするよ」

「……許可を出すことは無いので触ろうとしないでください」

「え～……」

先導するフィアちゃんに付いて、昨日も通された工房へと入る。

……何だかんだ言いつつも、扉を開けた瞬間ダッシュで距離を取られた昨日に比べれば、フィアちゃんとも距離が縮まっている(物理的に)気がしてちょっと嬉しかったりする。

「～♪」

「……？　どうかしたのですか？」

「ん～ん。別になんでもないよ」

「……そうですか。それで今日はどんな御用ですか、姉さんなら出かけてますよ」

「え？　フィアちゃんと遊ぼうかと思って」

「…………そうですか。それで今日はどんな御用ですか、姉さんなら出かけてますよ」

「え？　フィアちゃんで遊ぼうかと思って」

「…………そうですか。それで今日はどんな御用ですか、姉さんなら出かけてますよ」

「え？　フィアちゃんを弄《もてあそ》ぼうかと思って」

「……………………帰ってください」

「ごめんなさい。調子に乗りました」

だからその先端にトゲトゲ鉄球が付いた鎖をしまってください。

たぶんメイン武器に設定されているんだろう。気付いたらフィアちゃんの手に自身の半分ほどのサイズのトゲ鉄球付きの鎖が握られていた。

あれかな？　重量が百トンあったりするのかな？　モーニングスターってハンマーの仲

間っぽいし。

「……はぁ。それで本当はどんな御用ですか」

「うん。ヒールクリームをまた貰おうかと思って」

「……もう、ですか。昨日五つ買っていかれたばかりですよね」

なに昨日の今日でもう使い切ってんの？　どんだけダメージ食らってんの？　バカなの？　死ぬの？　と言わんばかりのジト目で見られた。

フィアちゃんはあんまり表情が動かないけれど、その分目でいろんな感情を表しているよな～。

ボーパル達もモンスターだから表情は動かないから、目を読むスキルはボーパル達で鍛えられてると言えなくもないけど、ボーパル達は身振り、翼振り、耳振りで何とか考えを伝えようとしてくるので何を考えているのか推測するのはそれほど難しくはないんだよな。ぐう有能。

ボーパル達は俺が言っていることは分かってるから意思疎通も簡単だしな。

「森の奥でな。超でっかい熊に襲われたんだよ。その戦闘で結構ダメージ貰ってさ。ヒールクリーム全部使いきっちゃったんだよね」

本当はその前の野犬から食らったダメージの方がでかかったりするが、それは秘密。

「……なるほど。それで泣いて逃げてきた訳ですね」

「逃げてないよ！　勝ったよ！　俺殆ど活躍してないけども！」

「……えっ？　それは本当に驚きです……泣いたのは否定しないのですね」

「そこ掘り下げなくて良くない⁉　気付いてもそっとしておこうよ！」

「……冗談です。さっきのお返しです」

声を荒らげる俺の対角線上の一番遠い席に座るフィアちゃんの口の端がちょっと上がった気がした。

もしかして笑ったのかな？　そんな顔をされたらこれ以上は何も言えなくなるじゃないかよぅ……。

「……でも驚いたのは本当です。あなた達にラースベアーが倒せるとは思いませんでしたから」

「微妙に傷つく言い回しだけど……それは単に運が良かったからとしか言えないね。そんで、なんか新エリアに行けるようになったみたいだし、そっちの探索にも行きたいんだよね」

「……どれくらいですか」

「へ？」

「……予算はどれくらいなのですか」

うーん、そうだなぁ。回復アイテムはいくらあっても困るものではないけど、全額注ぎ込んで極貧生活に戻るのもバカらしいし、半分ぐらい出しとくか？

「……ん。これだけあれば十分です。少し待っていてください」

そういうとフィアちゃんはイスから立ち上がりちょこちょこと歩いておそらく倉庫があるであろう扉へと歩いていった。

「……ふぅ〜」

……少なくとも嫌われてはいないと思う。

前回叩き出されちゃったからな。男が怖いと言っていたフィアちゃんに、本格的に嫌われていたらどうしようかと、意識して道化を演じるような振る舞いをしてしまったが（八割素）最後のほうでは俺に冗談を言い返してほんの少しだが笑ってくれた。

これはあきらかな進展だろう。このまま行けばフィアちゃんと友達になれる日も近いに違いない！

……でも、友達になるってどういう状態の事を言うのだろうか。

二人で買い物に出かければ友達だろうか？　買出しぐらいなら友達じゃない気がする。

買いたい物も無いのに一緒に回るなら友達な気がする。

二人で食事に出かければ友達だろうか？　食事しながら打ち合わせとかしてたら違う気がする。会話を楽しんでいたら友達な気がする。

相手の家に行くのは友達だろうか？　今日みたいに薬を買いにきたのでは違う気がする。理由も無しに遊びに来たのなら友達な気がする。

うーん。友達になるって難しい。方向性は間違ってない気がするんだけど、俺は友達が少ないからなぁ～。

「……お待たせしました」

「ちょっと考え事してたらすぐだったから大丈夫だよ、フィアたん」

「……そんな名前の人知りません」

「失礼。噛みました」

「……違います。わざとです。……はぁ。もういいです。倉庫からお薬を見繕ってきましたので、確認をお願いします」

そう言ってフィアちゃんは持って来た薬を入れたカゴを俺に手渡し……はせず足元に置いて後に下がっていった。

……そこまで取りに来いと？　そりゃあね？　投げて渡されるとか長い竿の先端に引っ掛けて渡されるとかよりはいいよ？　でも、どうしても距離感を感じて寂しくなっちゃうんだけど……。

まぁ、そんな事をいつまでも言っていられないのでカゴを回収すると、中にはいつものヒールクリームがゴロゴロ入っていたのと、なにやら毒々しい紫色の小さな飴玉？　が入っていた。

「これは？」

袋に入っている飴玉？　を摘み上げて鑑定する。

【アイテム：回復アイテム】毒消し丸　レア度2
錬金術で作成されたアイテム
飲むと状態異常〝毒〟を解除する

「……それは毒消し丸です。飲めば毒を解毒できます。森の奥地には毒を持ったモンスターがいっぱいいると姉さんが言ってました。持っていけば役に立つはずです。……すごく苦いですが」

「お、おう。すごく苦いのか……」

「……すごく、すご～く苦いですが、せっかく用意したので持って行ってください。効き目は保証します。味は保証しませんが。あ、カゴは返してください」

「……お気遣い、感謝します……」

カゴの中身だけをストレージにしまってカゴだけを残す。

返そうと近づいたら近づいた分だけ逃げられた為、仕方なくテーブルの上に置いておいて、後で回収してもらう事にした。まぁ、しゃーない。

「……もし、森で毒袋を拾ったら持って来てください。毒消し丸の材料になります。薬草もあればヒールクリームを作れます……誰かさんが買い占めてしまったので在庫が無くなりましたから」

《クエスト『毒袋の納品』を発見しました。受理しますか？　Y／N》
《クエスト『薬草の納品』を発見しました。受理しますか？　Y／N》
「取ってくるのはいいんだけど、どこで取れるの？」
《クエスト『毒袋の納品』を受理しました》
《クエスト『薬草の納品』を受理しました》

「……毒袋は毒ヘビのモンスターが落とすそうです。薬草は街を出たらその辺に生えているので地面を鑑定してください」

「りょーかい。じゃあ、行ってきます！」

「……いってらっしゃや……どうしてフィアがあなたを見送らなければいけないのですか。ここはあなたの家じゃないです。帰って来なくていいので、挨拶はさよならです」

「ちぇっ。じゃぁ……またね！」

「…………………また、会いましょう」

「えっ？　何だって？」

「……！　何でもないです。ニヤニヤしないでください、気持ち悪いです。やっぱりユウさんは変態さんです。変態さんと同じ部屋に居るのは耐えられないので今すぐ出てってください。今！　すぐに！」

「分かった、分かった！　直ぐ帰るからトゲ鉄球の角で突かないで！」

そして今日も追い出されてしまった。

でも昨日に比べれば態度も柔らかかった気がするし、順調にフィアちゃんと仲良くなれてる気はするな。これからも友達になれるように頑張ろう！

まぁ、まずはネコの封印と新エリア探索が先だけどな！

◆◆◆

昼間とは打って変わってシンと静まりかえった草原を抜け、森へと突入する。

ニャンコの散策ついでに薬草を探してみたんだが本当にそこらへんの地面から生えていた。

見た目はただの雑草と変わらないので、わざわざ鑑定なんかしなかったから気づかなかったけど、これを知っていたら極貧生活を送らないで済んだんじゃなかろうか……。

いや、流石にそこらで雑草と同じように生えている薬草じゃあ二束三文どころか買い取ってすら貰えないかもしれない。

タダで簡単に手に入るものをわざわざお金を払ってまで手に入れたいとは思わないだろうしな。

……あれ？　じゃあ何でフィアちゃんは俺に依頼を出したんだろう？　エルに採取の帰りにでも取ってきて貰えばいいのに。

んー、調子にのって採取しすぎたせいで、今すぐ必要な訳でもなく、レア度も低い薬草を持ち帰るスペースが無かったのかな？　だから早く秘密バッグ作れとあれほど言っておいたのに……まぁ、作ったら作ったで倉庫が使い道のないゴミで埋まっちゃうんだけどな。

モンスター　野良猫　Ｌｖ６
状態　アクティブ

ちまちまと薬草を回収しつつ森をほっつき歩いてるとあっさりとニャンコに遭遇した。昨日はあれだけ探して見つからなかったのに、薬草を探してるとこんなにあっさり……物欲センサーさん仕事しすぎです。たまには有給消化してください。

「きゅいいいいいいいいい!!」
「ホーーーーーーーー!!」
「にゃあああああああ!?」

そんでもって本日のメインイベントのニャンコとの戦闘は……二秒で終わった。クラスチェンジしたボーパル達にたった一匹のニャンコが抵抗できるはずもなくって事だな。

……うすうす思ってたけど、エンカウント率はともかく一度に出現するモンスターの数って少ないよな？　ボーパル達と三人で行動してたら基本一匹か二匹。野犬が例外で、最大五匹。（エルとの邂逅時のカラスはイベントだから除外）

タク達と一緒に六人パーティだったときは一度にもっと沢山のモンスターを相手にしたこともあったんだけどな。

これは山と森というフィールドの違いなのか、それとも三人と六人という人数の違いなのか……後者だった場合、召喚モンスターを増やしていくと敵モンスターの数も増えていくことになるな、気をつけておこう。

……もっとも、ＦＷＯはオープンワールドのゲームだからプレイヤーのパーティごとにぶつけるモンスターを変えるなんて事はしにくいだろうけどな。

《プレイヤーがレベルアップしました。任意のステータスを上昇してください》
《召喚モンスター：ミズキがレベルアップしました。任意のステータスを上昇してください》

お、レベルアップだ、早いな。

クマ戦の経験値を持ち越していたのかな？　となるとボーパルのレベルアップも近そうだ。

ユウ　サモナー

Ｌｖ11 ↓ 12
体力 13
筋力 13
敏捷 13
器用 13
魔力 17 ↓ 18
精神 17 ↓ 18

スキル
杖Ｌｖ５　蹴りＬｖ16　召喚魔法Ｌｖ９　火魔法Ｌｖ10　水魔法Ｌｖ11　鑑定Ｌｖ８
ダッシュＬｖ９　回避Ｌｖ５　防御Ｌｖ５

《スキルポイントを二点獲得しました。ＳＰ　８　↓　10》

ミズキ　マジカルオウル
Ｌｖ10 ↓ 11

体力　12
筋力　11
敏捷　17
器用　10
魔力　11
精神　8 → 10

スキル
飛行　奇襲　索敵　夜目　高速飛行　風魔法

うん。やっぱりレベル10からステータスは二つ上がるみたいだな。

ミズキは魔法用に魔力と精神。それと敏捷を重点的に上げようと思う。

もっとも魔力と精神は未だに何に関係しているのか確信はしていないんだが。

おそらく魔力が魔法攻撃力。精神が魔法防御力かな？　ってぐらいだな。まだ遠距離攻撃をしてくる敵は居ないけれどいずれ出てくるだろうし上げておいて損はないだろうしな。

《召喚モンスター：ボーパルがレベルアップしました。任意のステータスを上昇してください》

◆◆◆

《野良猫の封印率が百パーセントになりました》
《野良猫が封印完了しました》
《スキル：召喚魔法がレベルアップしました》
《封印完了モンスターが十体になりました》
《召喚可能モンスター枠が一つ増えました》

ボーパル　蹴りウサギ
Lv11→12
体力　10
筋力　18→20
敏捷　20
器用　12

魔力　４
精神　７

スキル
索敵　気配察知　跳躍　ダッシュ　蹴り　溜め蹴り

ボーパルは敏捷と筋力に極振りだな。目指すは高火力の回避盾だ。当たらなければどうということはない（キリッ！）をやってもらおう。

さて、無事に野良猫を封印し終えて召喚枠が一つ増えたな。

野犬は全匹グレーの毛並みだったんだが、野良猫は固体によって毛並みの色が違っていたので見ているだけでも面白かった。……本当に見ているだけで戦闘が終わるからな。むしろ見る前に終わっているまである。

えーと、最初に封印したのがミケ猫で、次がブチ柄。三番目がトラ柄で、四番目がシロ猫。最後が早くしろ、ではなくクロ猫。

五匹で封印完了だったので見たのはこの五匹だけだが誰かしらの作為を感じるのは気のせいだろうか……。

んでんでんで、新しく召喚するモンスターだが、候補は、野犬、バット、ヤギ、イワガメ、野良猫の五匹かなぁ。

野犬とバットは索敵要員だな。

ボーパルが聴覚。ミズキが視覚を現在担当しているので、野犬には嗅覚を担当してもらいたい。バットは反響定位とか使えたらすごく便利そうなんだよなー。でも見た目がなー。羽の生えたネズミにしか見えないんだよなー。

まぁ、コウモリも嫌いってほどじゃないんだけどな。嫌いだったら選択肢に入れてないし。

ヤギとイワガメは壁担当だな。うちのパーティは本当に前衛ができる奴が居ないからな。ボーパルは紙防御の遊撃だし、ミズキは牽制と遠距離だし、俺はオールラウンダーと言う名の器用貧乏だし。壁役が欲しいなぁとは前から思っていたんだよね。

でも、イワガメはちょっとなぁ……流石に足が遅すぎる。移動だけで今までの何十倍の時間がかかるか分からないからな。その分硬いんだけどね。

壁役を召喚するならヤギかなぁ。しぶとかったし。ピンチになると逃げられたら困るけど。……今思えばアレ、恐怖状態になってたんじゃね？　んー、戦闘中に恐怖状態にならされるのは問題だな。恐怖状態の恐ろしさは文字通り身をもって体験したからな。

最後、野良猫を召喚する理由は単純。可愛いから。

正直コレだけで野良猫を召喚するには十分だと思うんだけど、野良猫っておそらく筋力と敏捷特化の遊撃だと思うんだよねー。

そう……ボーパルと丸被りじゃねーか！　ってことで今回は泣く泣く保留かな。

さて、誰を召喚するべきか……。

◆◆◆

アイギス　ヤギ
Ｌｖ１
体力　13
筋力　9
敏捷　8
器用　12
魔力　4
精神　8

スキル
危機察知　悪路走破　怒り

ヤギ
森や草原、山などに生息する草食獣
雪に閉ざされた極寒の山や森でも生き残る程の強靭《きょうじん》な生命力を持つ
バランス感覚に非常に優れており細い木や断崖絶壁《だんがいぜっぺき》にも軽々と登ることが出来る

「メェエ？」

「きゅい！」

「ホー！」

という訳で召喚したのはヤギのアイギスだ。

名前のアイギスの意味はあらゆる災厄を払う山羊皮の防具だな。たしかギリシャ神話か何かだったはず。

アイギスには壁役を頼みたいからピッタリの名前だな。

もしクラスチェンジ先にアイギスがあったら、名前アイギス。種族アイギス。っていう一番手抜きな名前になるけど、さすがにヤギの進化先にヤギ皮の防具は無いはずだ。だって加工されちゃってるし。

「今日からよろしくな。アイギス」

「メェエ」

「きゅい！」

「ホー！」

さて、ちょこっとレベル上げしたら新エリアに行きましょうかね。

……あと、アイギスの背中の毛は硬いかと思っていたけど意外にもふもふしてた。実にグッドだな！

《運営インフォが一件届いています》

「ん？　またインフォか……今度は何にも変な事してないぞ？　してないよな？」

「メェ～？」

アイギスの背中を逆撫でして、短い毛並みに指を埋もれさせて遊んでたら運営からメッセージが飛んできた。

う～ん。やっぱりボーパルやミズキみたいにちっちゃかわいいのもいいけど、しっかりとした撫で心地のあるアイギスの背中もいいねぇ。最高だねぇ～。思いっきり抱き着けるのも素晴らしい！

っと。インフォをチェックしないとな。俺に飛んでくるインフォが全部俺達の所為で発覚したバグ修正メールな訳じゃないだろうし、なにか大事な事が書いてあるかもだしな。

《イベント情報》
エリアボス討伐を祝して、全プレイヤー参加型大型イベント第一弾。「第一回闘技大会」を開催します。
詳細情報はＦＷＯホームページをご確認ください。

「はぃ……？　全プレイヤー参加の闘技大会……？」

「きゅい？」

「ホー？」

「メエエ～」

あまりにも予想外な内容にポカンと口を開けながら声に出して読み上げてしまった俺を、

アイギスの隣でなでなでの順番待ちをしていたボーパルとミズキがこてんとかわいらしく小首を傾げて不思議そうに見ている。

「もぅ〜。二人は何をさせてもかわいいなぁ！　大好きだぁ〜！」

「きゅいー！」

「ホー！」

……この、たった一通のメールから引き起こされる騒乱は、抗う術も無く俺達を……いや、ＦＷＯの全プレイヤーを巻き込んだ大波乱への第一歩となるのだが、当然ながらこの時の俺達には知る由もない事だった……。

ぶっちゃけそんなことよりもボーパル達をもふる方が大事だしね！　かわいいは正義だ！

もふもふ！

Now Loading……

番外編

フィアちゃんと
ウサギ化薬

I began the summoner in VRMMO
“Fantasy World Online”

「……よし。あとはこの薬を一滴入れれば……」

バァアアン！

「やっほー！　フィアちゃん遊びに来たよー！」

「きゅい！」

「ホー！」

「……あっ」

つるんっ！

ドボドボドボ！

ぼふんっ！

「……」

「あそぼー……って、ありゃ？　調合中だった？」

扉をノックしても反応が無かったからお邪魔したんだけど、本当にお邪魔しちゃったのかな？

「って、うわっ。なんか禍々しい色のポーション？　だね。猛毒ポーション？　呪毒？」

錬金釜の前で呆然としているフィアちゃんの横には出来たてっぽい禍々しいポーションが三つ並んでた。

うわぁ。良薬は口に苦しとは言うけども、あれは飲みたくないなぁ……。

「……飲んでみれば分かります」

「飲んでみればって、これとても人の飲んでいい色じゃないんだけど大丈夫なの？」

「……飲んでみれば分かります」

「いや、飲んで大丈夫なのかどうかを飲んでから分かっても遅いと思うんだけど……」

「……飲んで。みれば。分かります」

「……飲みます」

フィアちゃんがおこだよ？　激おこなんだよ？　ジト目がいつにも増してジト～っとしてるな。ジトジト目だわ。フィアちゃんのご機嫌は荒れ模様なの？

まぁ、調合を邪魔しちゃった俺が悪いんだけどね。

というわけで一本失礼……。

「んくっ……あれ？　意外とおいしグボラァッ⁉」

ゲホッ、ガハッ⁉　喉が、喉が潰れるぅ！

「……ばっちぃです」

なんか視界とかグニャグニャだし！　世界全てが歪んでおっきくなってる気がする！

どんだけマズイポーションだったんだよアレ……おえっ。

「……ふむ。そうなりましたか」

うぅ。フィアちゃんの声が頭にガンガン響いてくる。まるで巨大スピーカーから声を叩きつけられているみたいだ。

あぁ、もうっ！　うるさいうるさいうるさーい！

「きゅいきゅいきゅーい！」

ん？　あれ？　どこかから知らないウサギさんの声が……。

「……あなたです。ユウさんがウサギさんです」

「きゅい？　きゅい、きゅきゅい……（はい？　まぁ、装備はウサギさんシリーズだけども……）」

体が作り変えられているような不快感がやっと収まり、視界がクリアになってきたんだが……あれ？　なんかボーパルさんデカくない？　俺と同じぐらいの身長になってないか……ってミズキもデカイ！　等身大のもふもふが目の前に！　いや意味が違うか。等身大っていうか同身大？　とにかくでっけ～。ナイスもふもふ！

みんないつの間にこんなにおっきくなったんだろ？　成長期かな？

「……どう考えてもあなたが小さくなっています。あとウサギさんです」

「きゅい？……きゅい！　きゅいい！（え？……うおぉぉ！　ほんとだ!?　もふもふだ

よ？　めっちゃもふもふだよ！）」

「……はい。もふもふです。今のユウさんとなら仲良くなれそうです」

「きゅい⁉　きゅいきゅいきゅ！　（え⁉　今まで仲良くなかったの⁉　ウサギ化よりもそっちの方がショックなんだけど⁉　というかフィアちゃん普通にウサギ語に返事してない⁉）」

愕然とした顔でフィアちゃんを見上げたら、俺の顔が面白かったのかフィアちゃんがくすりと笑ってる。

ぶーぶー。元はと言えばフィアちゃんの所為なのに。笑うとか酷くね？

「……ふふっ。冗談です。元々ウサギさんの言葉が分かるようになるポーションを作っていたのですが……ユウさんの所為で分量を間違えまして。なにやら面白い効果になったのでちょっと試してみたんです」

「きゅいきゅきゅい？　（そんな「ちょっと新しい化粧品試してみた」的なノリで人体実験しないでくれる？）」

まぁ、ステータスを見た感じあと十分ぐらいで効果が切れるみたいだし、最悪ログアウトすればキャンセルできるからいいんだけどね。いいんだけどなんか釈然としない。せめて一声掛けてからにしてよっ！

「きゅい～！」

「ホー！」

「きゅい！　きゅいーー！　（ちょっ！　やめてとめてやめてとめてあーっ！）」

フィアちゃんだけと会話して、傍らでうずうずしていたボーパル達を極力見ないようにしていたんだが、ついに待ての限界が訪れた様で二羽ともガバッと飛び掛かってきた。

元の体なら容易く受け止められるボーパル達の飛び掛かりも体のサイズが同じ今じゃ止められるはずもなく、諸共にコロンと後ろに転がってわちゃわちゃもふもふと弄られる。

あぁ～。体のあちこちがもふられるんじゃ～。

というかもふもふに混ざってすべすべなお手手が俺のお腹を撫でてるんだけど？　なんでフィアちゃんまでなでなでしてるの？

「…あ、戻った」

「きゅい！」

「ホー」

ポフンと軽い音を立ててウサギさんからいつものウサギさん装備に戻った……ややこしいな！

まぁ、いつもの恰好に戻ったってことだな。俺の顔に張り付いていたボーパルは俺の顔に張り付いているし、ミズキは俺の手に収まってるし、フィアちゃんの手は俺のお腹に置かれたまんまだ。というかなでなでまで継続されている。あの～フィアちゃん？　くすぐったいんですが……。

「……きゃ」

「へ？」

「きゃぁぁぁぁぁぁああああ!!」

「ぶへらっ!?」

俺のお腹をさわさわしているフィアちゃんの顔が下から順番に真っ赤に染まっていき、トップを狙える右スクリューが俺の頬を抉り込む様に伸び……当たる寸前で回避した。

あ、あぶねぇ……命中してたら確実に首を持っていかれるパンチだったぞ！　危うく第二のラースベアーになる所だったぜ……。

「……あ、ご、ごめんなさい。つい……」

「あぁ。ダメージは無かったし大丈夫。大丈夫」

大丈夫ではあるが……流石に今回はちょろ～っとおいたが過ぎたよな～？　フィアちゃん？

「……な、なんですかその邪悪な笑顔は。外伝だからってフィアに酷い事するつもりですね？　そんな顔をしてます！」

「どんな顔だよ！　流石にそんな長文は書けないわ！」

俺の顔はそんなにデカくありませんー！　と、まぁ。それはさておき、フィアちゃんへのお仕置きタ～イム！

「ここに取り出しまするは一本のポーション！　いかにも人が飲めなさそうな毒々しい色合いのポーションですが、グイッと飲んだらあら不思議。かわいらしいうさぎさんに変身できる素敵ポーションでございま～す！」

と言って机に並んでいる残り二本のウサギ化薬のうち一本を手に取りフィアちゃんに勧める。

まっさか、俺を騙して無理やり飲ませて人体実験した薬をフィアちゃんが飲めないとは言わないよな～？

「……わ、わかりました。飲みます……んっ……」

フィアちゃんが俺から受け取ったポーションに口を付け、ビンを傾けて中身を全て口に含んでいく。

クックック。さっきの仕返しだ。フィアちゃんがうさぎさんになったら全身をもふり倒してやるぜ！　泣いたって許さないか……らぁ!?

「んっ……んちゅ」

「んんッ⁉」

目に入るのは視界いっぱいに近づいたフィアちゃんの小さなお顔。

唇で感じるのは少女の暖かな体温。

舌で味わうのはゲボマズポーション。

ぎぃやぁー！　喉が、喉が潰れるぅ！　体がグニャグニャするぅ！

「……ふふっ。これでおあいこです」

勝ち誇ったようなその声音は無自覚なのか照れ隠しなのか。既にお互いうさぎさんに変わり始めている体じゃ確かめることも出来なかった。

ただ、脳裏を過ぎったのはいつかのエルの言葉。

『フィアはうまれた時からずぅ～っとこのアトリエに引き篭もってるデスから外の事もエル以外の人の事も。ましてや異性の事なんて本でしか知らないのデス！』

あ～。どうしよう。フィアちゃんが箱入り娘過ぎてヤバイ気がしてきた。

もし仮にフィアちゃんがアトリエを出るような事があれば、必ずエルか俺が傍に居るようにしよう。そうしよう。

その後も何の影響かウサギ化ポーションの効果が十分から一時間に変わっていたり、仲間外れは寂しいとミズキまでウサギ化したり、エルがラビットハウス化したアトリエに帰ってきてみんなできゅいきゅいと身振り手振りで説明したり、エルもウサギ祭りに参加したいとうさぎフィアちゃんに教わりながらウサギ化薬を作ったり、完成と同時に俺達の変身が解けて絶望したり、また三本出来たウサギ化薬を無理やり飲ませようとするエルをもうゲボマズは勘弁だとフィアちゃんと一緒に取り押さえたりとなかなかにカオスな状況になったが、それはまた別のお話。

「まったく。フィアちゃんの周りはいつも賑やかだな」

「……あなたにだけは言われたくありません」

「つまり似たもの同士って事だね！　じゃあまた遊びに来るからね！」

「……はい。お待ちしております……新しい薬を作って」

じ、人体実験はもう勘弁して欲しいかな～って。

次に来るまでに被害担当モンスターを召喚しておかなきゃな！

あとがき

この度は『ＶＲＭＭＯでサモナー始めました』をご購入頂きありがとうございます。

購入してないけどあとがきだけ立ち読みしてる～っていう奇特な方が居ましたらこんな巻末は最後でいいんで本編を読んでやってくださいい。あとがきは本編ではありませんので。というか立ち読みしてないで買って！　雑誌じゃないんだから最後まで立ち読みしてたら足がパンパンのパンパカパ～ンになるよ？　めでたいな？

さて、こんな所まで読み込んでくださっている方には分かると思いますが「どうせＷＥＢ版と内容同じでしょ～？」と思って読んでいたら細かい所がちょこちょこ違うんだよねこれが。例を挙げるならば、知らない名前の人とかクマが専用機だったりとか……。

これは是非とも購入した上にＷＥＢ版と比較しながら読んで二倍楽しむしかないね！

わぉ！　自分で言ってて驚きのアイディアだね！

と、このままでは一見さんお断りのいつものノリが続いてしまいそうなのでここら辺で自己紹介をひとつ。

初めましての人は初めまして！　ＷＥＢからの人はいつもありがと～。テトメトですっ！

元々は小説家になろうで細々と連載していたテトメトですが、この度書籍化の話がコンコロリコンと転がり込んできて、乗るしかないこのビックウェーブに！　とばかりに飛びつき、めでたく一巻の発売……の直前に出版社が倒産！　上げて落とす最悪を手法をもって絶望に叩き落とされたテトメトですが、なんと、ＴＯブックス様からお声が掛かり華麗に復活！　今度こそ無事に発売に至るという訳です。

いや、波乱万丈な書籍化への道のりだったよ……運命の神様は面白いと思ってやってるのかもしれないけどねぇ。リアル世界で波乱万丈も奇想天外も要らないの！　事実は小説よりも凡《ぼん》庸《よう》なりで十分なの！　そこんとこちゃんとしてよね！

と、長くなっちゃった自己紹介はこれぐらいにして『ＶＲＭＭＯでサモナー始めました』作成秘話を……。

ってなに⁉　もうページが無いだと⁉　結構あったはずなのにおかしいなぁ。仕方が無いから流れ星に乗ったタキシードウサギが、逆立ちでタップダンスを踊っていた話は次回に回すか……。

それでは皆様。今度は二巻のあとがきで出会える事を信じて、お別れの挨拶はこれで締めさせてもらいます。

また会いましょう‼

……まぁ、ＷＥＢ版を覗いてもらえばいつでも会え、ゲフンゲフン。また二巻で‼

TOブックス
新たなる仲間を得て
闘技大会に参戦！
ユウのもふもふライフは
止まらない!!

VRMMOでサモナー始めました
I began the summoner in VRMMO "Fantasy World Online"
2
テトメト
イラスト
秋咲りお
今春発売予定!

予告！
10日発売！
転生魔女の村娘ライフ
——からの、魔導バトルロイヤル！
魔女狩りはもうイヤ！
元魔女は
村人の少女に転生する
著：チョコカレー
イラスト：teffish

新作
2018年2月
『お金』と『コネ』で成り上がるシンデレラボーイ・ファンタジー！
「偉大な魔導師に、僕はなる！」
「俺たちは商品を買うんじゃない。時間を買うんだ」
「世の中、コネが大事なのよ！」
塔の魔導師
～底辺魔導師から始める資本論～
著：瀬戸夏樹　イラスト：Garuku

頭の痛い報告書、続々到着!?
頭を抱える保護者三人組
大暴走!!
待ってて、シュヴァルツとヴァイス!

念願の
図書館へ
本好きの下剋上
司書になるためには
手段を選んでいられません
第四部 貴族院の自称図書委員Ⅱ
香月美夜
miya kazuki
2018年3月10日発売予定!
図書館、図書館、
幸せの場所、
るるるる、ららん
詳しくは「本好きの下剋上」公式HPへ!
http://www.tobooks.jp/booklove

VRMMOでサモナー始めました

2018年2月1日　第1刷発行

著　者　テトメト

発行者　本田武市

発行所　TOブックス
〒150-0045
東京都渋谷区神泉町18-8　松濤ハイツ2F
TEL 03-6452-5766(編集)
　　0120-933-772(営業フリーダイヤル)
FAX 03-6452-5680
ホームページ　http://www.tobooks.jp
メール　info@tobooks.jp

印刷・製本　中央精版印刷株式会社

ISBN978-4-86472-658-0

Printed in Japan